# 精彩故事汇

# 抬起头，世界很美

阿 辞 著

中国国际广播出版社

# “新传说”故事丛书出版说明

故事是什么？它是一种文学载体。它来自民间，是最“下里巴人”的艺术。正因为如此，它就具有天生的泥土芳菲，深受百姓喜爱。

故事产生于远古时代，它伴随着人类语言的诞生而诞生，记载了人们生活中的柴米油盐、酸甜苦辣，见证了人类的漫漫历史长河。中国如此，世界各地也如此。一部《天方夜谭》吹开了多少人心头的情结。故事就像音乐，不受地域风俗的限制，它可以跨越国界，迅速沟通人们的心灵。故事是历史的“活化石”，它就像是银杏，虽经历千秋万代的风风雨雨而愈发繁荣。

著名的“鬼才”戏剧家魏明伦说：“故事是戏剧之本。”一点不错。但凡文学艺术，离开了故事性，就十分乏味。现在许多国内的电影电视，虽然轰轰烈烈，画面优美，可是往往因为没有故事，让观众看后大呼上当。而好莱坞之所以生命之树常青，就是因为他们深知故事是戏剧之本的真谛。

故事基本上是“口头文学”。一篇故事诞生后，就迅速在人群中传诵，并经过人们的加工、增删、提高再传诵。故事给人们艺术的享受，教人们如何欣赏真、善、美，如何辨别假、恶、丑。

进入信息时代后，故事不仅没有萎缩，反而更加显示出勃勃生机。现在，几乎各省的电视台都开辟了讲故事的专栏。就连比较枯燥的法制类新闻，也采取了讲故事的形式。

我们听故事、看故事，不仅放松了身心，获得了精神享受，提高了写作水平，学到了知识常识，而且可以从中获益匪浅。几年前，一个西安的高考学生，因为课外经常看故事，牢牢记住了《故事会》杂志发表的一篇“弯弯的月亮”，而高考的作文题目与这个故事内容相似，于是乎，他一挥而就，写出了“豆角月亮”，并获得了作文满分。

“新传说”故事丛书，就是从全国的精品故事中筛选出来的，可以说是篇篇珠玉，风采各异，美不胜收。我可以说：只要你看一看，读一读，就一定开卷有益。

故事让我们受益，这不是空话，也不是口号，是实践的感知。愿我们的读者都能从中受益，这也是我们编此丛书的初衷。

# 目　录

# 围城里的鸵鸟

在鸵鸟的世界里，是可以妻妾成群的，但有这么一只鸵鸟，他很爱自己的妻子，决定一辈子只娶她一个。

他们相亲相爱地生活了很多年，在一个没有月亮的晚上，厄运突然降临了，他们被猎人抓住了，然后卖给了一个农场主。

幸运的是，农场主没有杀他们，而是把他们圈养起来，当成了种鸵鸟。每天有人给他们吃的，日子倒也悠闲自在。可是好景不长，农场主为了提高繁殖速度，给鸵鸟先生送来了五位年轻的鸵鸟姑娘。

鸵鸟太太伤心地躲到一个角落里发呆，鸵鸟先生明白妻子的心事，他很想告诉妻子，他只喜欢她一个。可他不会说话，所以只有用行动来表示，他整天跟在妻子的身边，对那五位鸵鸟姑娘不理不睬。

妻子明白了他的心意，很开心，农场主也明白了他的心意，很不高兴，竟然当着他的面，把他的妻子抓走了。

鸵鸟先生急坏了，他知道，农场主是什么事都做得出来的，也许会一生气把他的妻子给杀了。可是，他只是一只鸵鸟，没有能力去救自己的妻子，他能做的，就是对五位鸵鸟姑娘继续冷淡，让农场主明白，他是绝不会要她们的。

后来，他觉得这样还不行，就开始绝食，那意思就是，如果妻子不在了，他也不活了。

这一招果然奏效，农场主大概明白了他的意思，第三天终于把他的妻子放了。不过，没有放回他的身边，而是送给了另一只雄鸵鸟。

鸵鸟先生气坏了，可他毫无办法，只能趴在栅栏边，远远地望着妻子，痛苦地呜呜叫。鸵鸟在成年之前能发声，但在成年以后，它们就失去了语言能力。奇怪的是，这一急，鸵鸟先生又能发出声音了。鸵鸟太太在另一个围栏里，远远地望着丈夫，也呜呜地发出了声音，绝望地叫起来。

这样叫着叫着，他们竟然会说话了。

鸵鸟先生关切地问："人有没有伤害你？"

鸵鸟太太说："没有，他们只是把我关起来了，好让你娶那五位姑娘。"

鸵鸟先生发誓说："我绝不会娶她们的。"

鸵鸟太太也发誓："我也不会嫁给这只鸵鸟的。"

会说话后，日子好过多了，虽然不能在一起，但他们可以通过语言交流感情，互相鼓励，无论别的鸵鸟怎么献殷勤，他们都不动心。农场主当然听不懂他们说的话，但感觉到了他们的与众不同，有一次还笑起来，看着他们自言自语："这两只鸵鸟真有意思，像是会说话一样。"一个月后，农场主被他们的痴情感动了，把鸵鸟太太送回到鸵鸟先生的身边，把那五位鸵鸟姑娘带走了。

终于又幸福地生活在一起，他们有说不完的话。

日子一天天地过去，不知从什么时候开始，这种幸福就有些变味了。鸵鸟先生渐渐地觉得妻子太啰唆，鸵鸟太太也觉得丈夫太啰唆，双方常常为了一点儿小事争争吵吵。

鸵鸟先生开始想，随便娶一个也比自己的太太好，那些沉默的鸵鸟姑娘多可爱呀。

鸵鸟太太也开始想，随便嫁一个也比自己的丈夫好，那些一声不吭的雄鸵鸟多有风度啊。

可他们已经没机会再选择了，农场主被感动得太深，绝不会再把他们分开了。

他们只能在争吵之后，一个面朝东，一个脸朝西，哀叹自己命苦：别的鸵鸟都不会说话，为什么偏偏自己碰上一个会说话的呢？他们已经忘了，他们原本也是不会说话的，他们更忘了，他们是怎么会说话的。

# 情人节短信

情人节这天，徐佳做梦也没想到，上班的时候会在地铁站里遇到自己的初恋情人韩冬，一交谈，才知当初两人分手实在是一场误会。





韩冬约徐佳晚上一起吃顿饭，可徐佳自结婚后还从没在晚上单独出去过，何况今天又是情人节，如果对老公实话实说，他肯定会起疑心。怎么办？徐佳正犹豫不决的时候，手机响了，是好友发来的短信，祝她过一个快乐的情人节。呵呵，徐佳心里突然有了主意，便应了下来。

下班后，徐佳先回家换衣服，将自己打扮得光光亮亮的，老公疑惑地看着她，问:“出去？”徐佳“嗯”的一声。“那孩子谁带？”徐佳说：“你就不能带吗？”也不管老公是什么脸色，徐佳就大模大样地出了家门。

这个晚上，她和韩冬开开心心地吃了饭，又开开心心地去飙歌，直到深夜两点，韩冬才把徐佳送回家。分手的时候，韩冬看徐佳手里还拿着自己送给她的玫瑰，体贴地说：“扔了吧，免得回去吵架。”徐佳说：“不，我舍不得，这是你送我的。第一支，也是最后一支。”

徐佳就这么拿着韩冬送的玫瑰进了家门。老公还没睡，一脸阴沉地坐在沙发上看电视。徐佳故意不睬老公，找个花瓶把玫瑰插好，把手机往桌上一放，然后就进了卫生间。出来的时候，老公脸上阴云已散，一副极力要忍住笑的样子。老公问她："干什么去了？这么晚才回来？"徐佳故意用挑衅的口气说："当然是过情人节去了，每年都是你出去，今年也该轮到我出去一回了。我和他玩得可开心了，看，他还送我最好的玫瑰。"徐佳说着，拿起插在瓶子里的玫瑰，故意放在鼻子底下拼命闻。

老公终于忍不住笑出声来："算了吧，别以为我不知道，这花是你自己买的。你要是真有情人，瞒都来不及呢，哪还敢把花带回家来！"说着，他拿起徐佳放在桌上的手机，按出一条短信，凑到徐佳跟前，大笑着说："就你这点儿小聪明，还想骗我？"

这条短信，就是徐佳早上在地铁站里收到的好友的那条：去街上给自己买一支玫瑰，今晚回去骗骗老公，让他知道他的"黄脸婆"在外面也有魅力！

徐佳知道，老公有偷看自己手机短信的嗜好。

# 猫最怕什么

在网上看到一些有趣的题目，我随便挑了一题考老公。

我叫他先说三遍“老鼠”，然后再说三遍“鼠老”。老公问我说这个干什么，我告诉他，要试一试他思维转换快不快。于是，老公就说了“老鼠、老鼠、老鼠，鼠老、鼠老、鼠老”。

他一说完，我立即问他：“猫最怕什么？”

老公紧张地说：“老鼠。”

我看着老公笑，他也看着我笑，而且笑得有些得意，说：“你以为我会说鼠老。”我简直要笑倒了，笑了好一会儿才说出话来：“你果然是说老鼠，猫最怕老鼠吗？”

老公这才反应过来，跟着我一起笑，不过呢，还有些不服气，叫我再来一题。

于是，我问他：“一个三点水加一个来是什么字？”

老公想了想说：“三点水加来，涞，是不是还念‘来’？有没有这个字？”

我再问他：“那一个三点水加一个去呢？”

老公干脆地说：“不知道。”

我再一次笑倒，三点水加个去，不就是法字吗。

老公败下阵去，不敢再试了。

中午，五岁半的女儿放学回来，老公笑眯眯地考女儿：“一个三点水加个来字是什么字？”女儿皱着小眉头想了想说：“三点水加个来？不知道。”老公又问她：“那三点水加个去呢？”女儿立即高兴地答道：“法！”

我在一旁大笑，说：“你看，你真笨，还没女儿聪明。”

老公不服气，叫女儿先说三遍“老鼠”，再说三遍“鼠老”。

女儿说了：“老鼠、老鼠、老鼠，鼠老、鼠老、鼠老。”

女儿一说完，老公立即问她：“猫最怕什么？”

女儿稍微想了一下，响亮地回答：“狗！”

老公笑着抱起女儿说：“你真的比爸爸聪明。”

老公的回答都在我意料之中，女儿的回答实在出乎我的意料。大人和孩子的思维方式原来是如此的不同，我觉得很有意思，于是，又找了十个一年级的小朋友做测试，结果，他们都知道三点水加去是法字，而对猫最怕什么的回答各不相同，有好几个说不知道，其他几个，有说大象的，有说老虎的，有说大灰狼的，反正没有说老鼠的。

然后，我又问了十个大人，可怜的大人啊，十个中就有十个不知道三点水加去是什么字，有九个回答猫最怕老鼠，还有一个回答猫最怕鼠老。

# 最好的教育方法

小姑不是我的亲姑，而是我奶奶抱来给父亲的童养媳。她来我家时才三个月大，奶奶对她不错，但没送她上学。而我父亲念了书，十八岁时进了城，再也看不上不识字的小姑，坚决要求退婚。奶奶只好把十四岁的小姑退回了她娘家。养了十四年，亲情已经割舍不掉了，小姑仍然叫奶奶妈妈，奶奶也把小姑当成女儿，一直在来往。

小姑后来嫁给一位山里人，共生了四个孩子。前三个是女儿，后来生了儿子俊。山里一般不送女儿上学，但小姑坚持把三个女儿都送进了学堂，可孩子们学习成绩都很差，老师和亲戚们都说她家孩子不是读书的料。

这年，奶奶病重在城里住院，出院后在我们家住了一阵子。小姑为看奶奶，第一次踏进了我们家的门。小姑见我们兄弟姐妹成绩都很好，看着我们贴在墙上的奖状很羡慕，问我妈是咋教我们的。我妈说，没教，读书这种东西要天赋，他们都像父亲，聪明。小姑便低了头，好像孩子们不会读书都是她的错。

这以后小姑再没有来我们家。让我们意外的是，没几年工夫她家的孩子一个个都考出去了。两个女儿考取了卫校，一个女儿考取了师范。最让人意外的是她的儿子俊，考取了中国科技大学。

这在他们整个乡都引起了轰动。小姑家整整摆了三十桌喜酒，比当地人结婚还热闹。那次，我和奶奶一起去小姑家喝喜酒，俊很得意地问我："你觉得请柬上的字写得好不好看？你猜猜是谁写的。"我笑笑说："那字写得挺好看的，不用说也是你写的。"俊大声说："错！是我妈写的！"我当然不相信，说："你骗谁呀！你妈连她自己的名字都不会写。"

俊骄傲地把我领到一个大纸箱前，里面都是用白纸订的本子，本子的第一面都写着小姑的名字，里面都是做得整整齐齐的作业。我仍然有些不相信，"这些真的都是你妈写的？"俊说："当然是真的。我上学后，我妈一直和我一起学，她要我每天回家把在学校里学的东西教给她，她和我一起做作业，不懂的就问我，我不懂就再问老师，就这样，我教她学完了小学，学完了初中，连高中的都学了一部分。"

我惊讶地张大了嘴，我想小姑肯定很爱我的父亲，我父亲嫌她没文化，她一直耿耿于怀，所以她要争一口气，让我的父亲看看，她也是个优秀的女人。

俊冲我一瞪眼，说："才不是呢！以前，我也以为我妈是想学文化，长大后我才明白，其实我妈不是为了她自己学，而是为了我学。因为我要教她，要当小老师，所以学起来劲头十足。每天，我妈和我们几个孩子一起做作业，比赛看谁做得又快又好，所以我们做得又专心又开心，连姐姐们的成绩都跟着好起来了。"

我听了大为感动，这种教育孩子的方法说起来简单，但做起来多难哪，尤其是对一个农村妇女，又要做农活，又要做家务，还要十年如一日地陪孩子学习，真是个了不起的妈妈。

# 碗你得洗哇

我们家的政策是，我做饭，老公洗碗。

我做饭是这样的：早上随便弄点儿吃的，中午烧菜，晚上吃剩菜。

老公洗碗是那样的：早上不洗碗，各人把各人的碗用开水涮一下，放进柜子里，中午再接着用。中午也不洗碗，用开水涮一下，晚上再接着用，每天只洗一次碗。

我们的女儿，以为别人家也是这样，有次我带她去朋友家吃午饭，饭后，朋友的老公洗碗，女儿很惊讶地问："叔叔，你们家晚上不吃饭吗？"朋友的老公不明所以："晚上当然要吃饭啦。"女儿困惑地说："晚上还要吃饭，你为什么把碗洗掉呢？"

于是，老公的懒招就出名了，从此，他更加地"以懒卖懒"。

偶尔，我忙不过来，叫他做点事情，比如晒下衣服呀，擦下桌子呀，他就要叫唤："老是叫我做这做那，我看你马上都不用做事了，我要你干吗！"

这就是大男人的逻辑，老婆等于保姆，所有的家务事都是该女人做的。不可思议的是，他居然还认为自己是个打着灯笼也难找的好男人。在QQ里与人聊天，他老是向人诉苦，说他在家里洗碗、拖地、接送孩子，老婆还说他做事少。他就不告诉人家，他洗碗每天只洗一次，拖地也只是用拖把在空旷地带划拉几下，送孩子是我给孩子穿好、刷牙、洗脸、梳头、喂饱之后他只是骑车子送一下，来回也只要五分钟。

有天，热水器坏了，我带女儿去澡堂洗澡，请老公帮忙在半小时后用高压锅煮饭，我回来热下菜就能吃饭了。

老公万般不乐意：“你就不能洗完澡回来再煮饭吗？”

我耐心地告诉他：“带孩子洗澡多慢，等我回来就太晚了。”

老公还想讨价还价：“那你先把米煮上，我帮你关火。”

我有点儿不耐烦了，现在煮太早，等我们回来饭都凉了。你要煮就煮，不煮拉倒，今晚你就别吃饭了。我懒得再理他，拉了女儿就走。瞧瞧，这就是结婚后的男人，如果是结婚前，别说叫他煮饭了，就是叫他去种稻子他也愿意。

洗完澡回来，往厨房里瞄了一眼，还不错，饭已经煮好了，正暗自高兴，谁知，老公却抛过来一句：“我帮你煮饭了哈，今晚上该你洗碗哈。”

蛮不讲理谁不会，我说：“你帮我煮了饭，我帮你女儿洗了澡，正好抵消了。”

老公眨巴眨巴眼睛：“难道不是你的女儿？”

我得意地笑：“女儿跟你姓，又不跟我姓，当然是你的。”

我们互不相让，一场超强的辩论赛就这样开始了。

本以为老公只是说说而已，没想到吃完饭后，他真的不洗碗，玩了会儿游戏，然后拣了衣服，也要去洗澡。出门前，嬉皮笑脸地对我说：“锅你得洗哇，碗你得洗哇。”我装聋作哑。他又拿过女儿的画写板，飞快地写了字放在我面前：

锅你得洗哇

碗你得洗哇

锅碗你都洗了哇

哼，想得美，我把画写板往旁边一扔，继续和女儿看动画片。不一会儿，老公的手机在床头柜上唱起了歌，我顺手拿起来一看，是短信。哇，他今天收到的短信不少哦，我一条条往下翻，突然我的眼睛睁大了："锅你得洗哇！碗你得洗哇！锅碗你都洗了哇！……"后面都是省略号。这是什么意思啊？我急急地翻下去，一串长长的省略号之后，终于又见到了字："嘻嘻，这是我新学的日本问候语，中文意思是：祝你天天快乐，祝你年年快乐，祝你永远快乐！"

我笑倒在床上，把老公种种的不是都笑得烟消云散。

# 被污染的鲜花

秀梅做电池生意发了财。后来，儿子得了肾炎，一检查，是铅中毒，医生说和他经常玩废电池有关。秀梅找来资料一看，真是吓一跳，小小的电池里竟然含有那么多有害物质，一粒纽扣电池就能污染六十万升水，这是一个人一生的用水量啊！

秀梅当即改了行，但是，她不卖，别的商家照卖，消费者也照用，用完了照样随意乱丢。怎么办呢？秀梅四处奔走，呼吁废电池回收。可废电池的处理在全世界都还是难题，有关部门也是有心无力。秀梅决定自己来回收，她请人贴广告，发传单，钱花了不少，却不见效果。怎么样才能把市民们都发动起来呢？

秀梅想到上海曾开展过一项“废电池换鲜花”的活动，市民们很踊跃。秀梅决定拿出三十万，也搞一次这样的活动。媒体得知后，也都免费为她做广告宣传，市民们果然都被发动起来了。两个回收点忙不过来，又增加了五个点，还是忙不过来。仓库里的废电池每天成倍地增加。秀梅想，这么多废电池如果都随意丢掉，会对环境造成多大的危害？这钱花得值！

这天，秀梅忙着为各个点送鲜花，没空吃午饭，就想买包方便面充饥，进了一家小超市，见顾客们全围着老板。她挤进去一看，原来都是要买电池的。秀梅愣了，问道：“怎么这么多人买电池？”

老板像看外星人一样看着她，“你不知道？有个大款钱多了发烧，想出名，搞了个什么‘废电池换鲜花’的活动，两节废电池就能换一盆鲜花。平时这种不经用的电池不好卖，这几天买的人可多了，都是为了拿去换花。你也买几对吧，五毛钱一对，便宜。用完了就拿去换盆花，划算。在花市，五毛钱连个花盆都买不到呢……”

老板突然闭了嘴，因为他看见秀梅眼里涌出了泪水……

# 快乐只要五十个贝壳

在一个海边的小渔村里，有个年轻人名叫桑德，他觉得自己很不快乐，每天的生活就是打鱼、卖鱼，一点儿意思也没有。他很羡慕那些住在镇上的人，他们的生活多么幸福啊。

有一天，他到镇上卖鱼，碰见了另一个渔夫，这个渔夫不停地哼着歌，很快乐的样子。桑德就问他，“你觉得生活快乐吗？”

渔夫回答说：“快乐！很快乐！”

桑德羡慕地问：“你和我一样，每天就是打鱼卖鱼，日子单调又乏味，你为什么会觉得快乐呢？”

渔夫说：“我的快乐是买来的。”

桑德惊奇地问：“快乐还可以买吗？在哪里买的？”

渔夫说：“黑鱼岛上来了个神仙，他专门卖快乐。如果你想要快乐，也可以去买呀。”

桑德一听，非常高兴，回家后，带上所有的钱，就去了黑鱼岛。

岛上果然来了个老神仙，专门卖快乐。来买快乐的人很多，队伍排得长长的。奇怪的是，每个来买快乐的人都拎着一兜贝壳。桑德不明白，就问一个老大爷：“你们都带着贝壳做什么？”

老大爷看了看桑德，说：“你是新来的吧？你不知道吗？老神仙不要钱，只要贝壳，每个人只要五十个贝壳就可以换到快乐。

你快去捡贝壳吧。”

桑德一听愣住了，这神仙和凡人就是不一样，要贝壳有什么用？不过，既然老神仙是这样规定的，那就去捡吧。

桑德来到海边的沙滩上，有很多人在捡贝壳，贝壳已经很少了。桑德好不容易看见一个，刚想伸手去捡，却已经被别人捡去了。

桑德瞪大了眼睛，边走边找，可是，他出手总是比别人慢，这一天，他一个贝壳也没捡到。

桑德很生气，第二天他憋足了劲，把精神都集中在右手和双眼上，出手快多了。

第三天，他又快了一些。

第四天，更快了。

他出手的速度一天比一天快，只要他看到的贝壳，十之八九能抢到手，但是，每天总会遇上个别比他出手更快的人。

桑德不服气，他更努力地提高自己的速度，终于有一天，他成了最会捡贝壳的人。看着自己捡来的一大堆贝壳，桑德很开心，他仔细挑选了最漂亮的五十个贝壳，高高兴兴地去找老神仙买快乐，可是老神仙已经走了。

# 大鬼和小鬼

有个小鬼，是个新鬼，穷得叮当响。

有个大鬼，已经做了多年的鬼，富得钱都花不完。

于是小鬼就向大鬼请教，怎样才能脱贫致富。大鬼反正已经很富了，就毫无保留地说出了自己的致富绝招："想挣钱很容易，你只要晚上选条阴暗的小路，在路边一蹲，看见有人过来就伸腿绊他一下，他一害怕，就会烧钱给你用。"

小鬼听罢，千恩万谢地去了。到了晚上，他找了条偏僻阴暗的小路蹲了下来，可这条小路太偏了，他等了大半夜，也没见一个人影。小鬼等得瞌睡都上来了，正打着盹的时候，忽然听见"咚咚咚"的脚步声，有人来了！他立即来了精神，把右腿伸了出去。

就听见一声闷响，奇怪的是那个人没被绊倒，小鬼自己的腿却被踩断了。

小鬼哭丧着脸去找大鬼，大鬼问他："那人走路是什么样的声音？"小鬼说："是'咚咚咚'的声音。"大鬼一摆手："唉，怪我没给你说全了。走路'咚咚咚'，说明他强壮有力，这样的人走路哪会磕绊，你要绊只能绊那种走路软绵绵有气无力的人。"

小鬼记住了这个教训，第二天晚上就又去了那条路。深更半夜的时候，终于来了一个走路没声音、看上去软绵绵有气无力的人，小鬼立刻伸出腿去，果然把那人给绊倒了。

那人重重地摔在地上，好半天才爬起来。只见他在地上找啊找的，想找出是什么东西绊了自己。他盯着小鬼看，小鬼哈哈大笑，冲着那人做鬼脸："看吧看吧，你看不见我！"那个人真的看不见小鬼，也听不见小鬼的声音，他其实盯着的是小鬼脚旁的石头。他一边把石头捡起来，一边嘴里嘀咕着："都是你，害我摔了一大跤。"他把石头重重地往地上一扔，巧了，正好砸在小鬼的腿上。

受伤的小鬼坐在路边忍不住"呜呜呜"地哭了起来，突然他感觉大地在震动，随着"嗵嗵嗵"的脚步声，有人气势汹汹地走过来了。小鬼吓得不敢哭了，拼命地往路边缩，生怕绊倒了那个人。可谁知那人没有被小鬼绊倒，却被那块石头绊倒了，正好重重地摔在了小鬼的身边。小鬼吓得一哆嗦，还好，那人看不见小鬼，也没有找石头算账，而是拍拍身上的土，急匆匆地走了。

小鬼哭丧着脸去找大鬼，把前后事情一说，大鬼高兴地说："你就要发财了，明天晚上我陪你捡钱去。"小鬼将信将疑。

第二天晚上，小鬼跟着大鬼来到那条路上，果然有人拎着一大包纸钱来烧。可让小鬼吃惊的是，来者不是先前那个走路软绵绵的人，而是后来走路"嗵嗵嗵"的那个。

小鬼不解地问大鬼："怎么会是这个人来呢？"大鬼笑着说："那个人走路虽然软绵绵，但他不信鬼，就算你把他绊倒了，他也以为是石头绊的他，扔了石头不就完事儿了？而这个走路'嗵嗵嗵'的呢，你别看他走得那么响，那是他故意放重脚步给自己壮胆的，其实他胆小得很，就算是石头绊的他，他也会以为是我们绊了他，他可信我们哩，所以今天一定会急着来给我们烧纸钱的。”

小鬼还是不明白：“那怎么判断一个人是信我们还是不信我们呢？”

大鬼说：“那就要靠你自己察言观色了。”

小鬼长叹一声：“原来做鬼比做人还累啊！”

# 工作狂的最后一课

这是一堂培训课。参加学习的都是在事业上小有成绩的工作狂，总是把工作摆在第一位。他们已经学习了十天，今天是最后一堂课。

讲师说："今天要讲的内容比较特殊，不是教你们如何去解决问题，但是，我认为这是最重要的一堂课，所以放在最后讲。请大家先看一段录像。"

这段录像是杨澜采访1998年诺贝尔物理奖获得者、美籍华人崔琦的情况。崔琦谈到自己出生在河南农村，父母都是大字不识一个的农民，但他的妈妈颇有远见，咬紧牙关省吃俭用，在崔琦十二岁那年将他送出村，出外读书。这一走，竟是崔琦与父母的永别。后来他到香港、美国，成了世界名人。

谈到这里，杨澜问崔琦："你十二岁那年，如果你不外出读书，结果会怎么样？"

这时候，讲师按了暂停键，向大家问道："如果你是崔琦，你会怎么回答？"

一个中年男人抢先答道："那我永远也不能成名，现在很可能还在农村种地。知识改变命运，一个人出身低微没关系，但他要通过努力学习，改变自己的命运。"

接着，一位女士回答：“那我肯定成不了物理学家，得不了诺贝尔奖。我非常感谢母亲，是她不同寻常的眼光改变了我的命运。”

每一个学员都回答了这个问题，答案大同小异，都是说知识改变命运、感谢母亲这类话。

大家都说完了，讲师继续播放录像。崔琦的回答出乎所有人的意料，他说：“我宁愿当时妈妈没有送我出来，在农村家里有一个儿子是很重要的，如果我当时留在农村，或许我一直不识字，但我父母不至于饿死。”崔琦后悔得流下了眼泪，流泪的镜头被定格在画面上。

教室里霎时安静下来。大家都被震撼了，很多人的眼睛湿润了。

这次的学员共有三十人。培训结束后，有二十八人没有马上回去上班，而是先回家看望了父母，平时工作忙，他们都很少回家，只有两个人照常工作，因为他们的父母已经不在了。

## 抬起头，世界很美

那一年，父亲意外去世，而母亲体弱多病，一直当着家庭主妇，家里还有一个很小的弟弟，十七岁的晓普不得不辍学，承担起养家的责任。

晓普在路边摆了一个水果摊，她怕被老师和同学看见难为情，总是低着头，生意当然没别人好。她常常坐着没事可做，就想到了画画。要知道，她从小就喜欢画画。

于是，晓普每天都带着纸笔去水果摊，画水彩，练速写，守摊的日子充实多了。不过，她仍害怕被熟人看见，经常低着头。

这天，晓普去水果批发市场进货，三轮车的前胎突然没气了。她推着车走了很远，终于在一家副食店前看到了一个打气筒。

看守小店的是一个四十多岁的大叔。他帮忙给三轮车打了气，可是很快又瘪了，看来是车胎破了。

晓普无助地问道："叔叔，你能补车胎吗？"

大叔没有吭声，径直走进了小店后面的屋子里。几分钟后，他拿出了一把生锈的锉、一个旧车胎和一罐胶水。老半天过去，他终于把车胎补好了。

晓普问要多少钱。大叔笑了："不用钱。这里本来不修车，不过我认识你。"

晓普很惊讶，她实在想不起在哪见过这个大叔。

大叔亲切地说：“我每天来店里，都要经过你那个水果摊，你就是在水果摊上画画的小女孩。看得出，你是一个上进的好孩子。”

大叔还说了很多鼓励和赞美的话。晓普这才知道，自己在路边当小贩一点儿也不丑，相反，她一边卖水果一边画画，还是一道美丽的风景。

晓普骑上车要走了，大叔又叮嘱一句：“不要总低着头。卖水果不丢脸，我相信你会有出息的。”

三轮车的气早已打足，晓普却觉得自己也被打足了气。

从此以后，晓普在水果摊上不再低着头了，她的生意越做越好。她一直坚持画画，虽然她没有成为一个画家，但现在拥有了两个属于自己的商场。从一个摆摊的小姑娘，到一个成功的老板，这中间有太多的艰辛，她的成功秘诀就是：不管遇到什么困难，永远不低头。

抬起头，看得更远；抬起头，世界很美！

# 那露宿街头的一夜

母亲有点儿不舒服，文强自告奋勇要和父亲进城卖菜。因为是周末不上学，父亲同意了。

父子俩开着农用三轮车，拉着满满一车蒜薹，赶到城里时正好天亮。一天下来，卖了大半。到了晚上，他们不可能赶回家，而住店的话，至少要二十块钱，父亲舍不得。不过，他早有准备，带了被子，准备随便找个地方将就一晚上。

马路边不能随便停车，所以，父亲开着三轮车尽往小巷里钻，想找个地方停车睡觉。找了几个地方，都被人撵走了，文强不由感叹，这么大的城市，找个睡觉的地方咋就这么难，想到父母平时卖菜都这么辛苦，他不由心酸。

后来，他们好不容易在一排平房前找到一块宽敞的地方停了车。等到夜深了，人家都关了门，他们才拿出铺盖，铺在地上睡觉。

第一次露天睡觉，开始文强有点儿不习惯，不过，累了一天，他还是很快睡着了。睡得正香时，他被一阵巨大的嗡嗡的噪音吵醒了，同时，一股呛人的浓烟包围了他们。父子俩都醒了，赶紧缩进了被窝。在被窝里闷久了难受，他们又探出头来，这时烟已经少了很多，但噪音仍然很大。文强这回看清楚了，不远处有间门开了，亮着灯，门口有个女人正在生煤炉，炉子很大，一个电动鼓风机正对着炉门吹，噪声是鼓风机发出的。

文强看了看手上的电子表，才凌晨四点。他暗叹倒霉，怎么有人这么早起来生炉子。鼓风机不停地嗡嗡叫，哪还睡得着。父亲忍不住爬起来，去和那个生炉子的女人商量："大姐，你这炉子已经着了，能不能把鼓风机给关了？"

女人一口就回绝了，"这不行，鼓风机一关，火就不大了，你挪个地方睡吧。"

父亲说："再找个睡觉的地方真是很难，也睡不了多久了，挪起来也费事，你这火已经够大的了，就不能把鼓风机给关了吗？"

女人不肯关鼓风机，父亲也没办法，只好回到被窝里，和文强小声地嘀咕："都恁大的火，还非要开鼓风机，哎！这城里人就是不好说话。"这时候起来吧又没事干，父子俩只好在噪音中挨到天蒙蒙亮。

天一亮他们就开始卖菜了，不过，买的人很少。后来，他们发现附近有一所小学和一所幼儿园，是靠在一起的。父亲高兴地说："我们就在这里卖，早上来送孩子的家长多，有的人顺便就买点儿菜了。"

父亲猜得没错，他们的车一停，就有人围上来买菜。卖到八点半时，只剩下几把蒜薹了。父亲高兴地数着钱，拿出张五块的，让文强去买早点。

文强喜欢吃烙馍卷菜，他转了一下，看见幼儿园门口有个大妈在卖这个，所以就过去了。烙馍是把面团擀得像纸一样薄，用大火一张张地蒸熟，要吃的时候，在里面卷上各种各样的菜。

大妈正在给一个年轻女人卷馍，女人大概是熟客，边等边和大妈聊天："今天咋还剩这么多，往常这时候你都差不多卖完了，是不是见生意好，今天准备得多些？"

大妈笑着说："不是，今天弄得比平时少多了，只是出来得太晚了，没赶上小孩上学的高峰，所以剩这么多。"

"咋出来晚了？"

"你知道的，弄这个烙馍费事，我们早上两点就要起来生炉子蒸馍。今天早上，我们门口停了辆三轮车，地上睡了两个人，一看就是穷苦人，舍不得钱住旅舍的，我要是一生炉子，他们就没法睡了，所以我等到四点钟才生炉子，这不就晚了。"

文强听了一愣，他买了两个烙馍回去，把听到的告诉了父亲，父亲让他把剩下的几把蒜薹送给大妈。大妈却不肯收，问道："为啥给我？"

文强不好意思地笑着说："我就是昨晚在你门前地上睡觉的人，我是和父亲进城卖蒜薹的。"

# 提篮“春光”看妈妈

朋友去外国旅游，给我带回来一份精美的礼品，由一个绿色的精致小竹篮包装，里面是一袋袋绿色的粉末，不知道是什么东东。朋友说，他是在保健品柜台买的，当时翻译太忙，只说这种产品叫“春光”，是绿色纯天然产品。这一篮要人民币五百多。

绿色产品，又是外国带回来的，我舍不得自己吃，决定带回去给妈妈尝尝。

五一放假，我带着女儿，带着这篮“春光”，高高兴兴地坐火车回娘家。

娘家在另一个省的江边城市，远嫁他乡以来，我每年回家一次。我是懒人，不喜欢路上拎着大包小包，加上也不知道母亲喜欢什么需要什么，所以，每次回家我都是空着手，从没给母亲带过礼物，而是拿钱给她，她想买什么就买什么。

这次破天荒地带了礼物，没想到妈妈那么兴奋。我心里很是内疚，原来母亲是喜欢礼物的。我给她钱时，她从来就没这样高兴过，她总是不肯要。我强给她，最后她总是又花在了我女儿身上。

我暗暗发誓，以后每次回家都给母亲带礼物。

妈妈像个孩子一样，拿着这个精美的篮子看了又看，问我“春光”怎么吃。我也不知道，说明上不是英文，不知是哪国文字，我也看不懂。我猜，要么是像茶一样泡着喝，要么是像黑芝麻糊一样冲成糊糊吃。反正，是要用开水的。

这时，有邻居来串门，妈妈把篮子给邻居看，骄傲地说：“我女儿带来的，是从外国买回来的，也不知道怎么吃。”

看着妈妈的样子，我想笑，她老人家说话真有水平，就好像这篮“春光”是我亲自从外国买回来的一样。

妈妈又和邻居研究了一番，才把这篮“春光”收起来。

几天假期很快过去了，妈妈依依不舍地把我们送上了火车。

回家几天后，朋友给我打来电话，问我吃了“春光”没有。我说没有。朋友说，那就好，她才弄明白，原来“春光”不是吃的东西。

我一惊，忙问：“不是吃的，那是什么？”

朋友说，是用来闻的，那是深山里无污染的香草加工成的，有淡淡的青草香味，是用来清新空气的，能让城里人闻到深山里春天的气息。

我晕，赶紧给妈妈打电话，问“春光”吃了没有。

妈妈说，没有。我把朋友的话告诉了她。妈妈笑了，说她马上给我外婆打电话，因为她舍不得吃，已经把那篮“春光”送给外婆了。

外婆家在大山里，那里的空气清新无比。

# 你不是没用的钥匙

人们常说，十八岁的女孩是一朵花，可是，我十八岁时丝毫没觉得自己像什么花，如果非要比的话，我只能像地里多余的狗尾巴草。

没错，我就是家里多余的人，爸爸妈妈根本不爱我，他们只爱弟弟。

初中毕业后，虽然我考取了高中，但家里不让我上，我就回家了，每天和父母一起在地里干活，晒得像黑煤炭一样。

后来，父母见打工更划算，就央求同村的苗苗带我一起出来打工。

苗苗在一个饭店当服务员，他们正好还要招人，苗苗便把我带到一个漂亮女人面前，说："经理，她是我老乡，她很会做事的。"

漂亮女人看了看我，说："我们是服务行业，光会做事不行，外表也很重要。"

"那让她在后面洗菜洗碗总行吧？"

"你知道我们的大厨是个很挑剔的人，如果招个长得太差的人去后面干活，他会不高兴的。"

我的心像被针刺了一样，难道我长得就那么丑吗？连洗碗都不配！

后来，苗苗又带着我应聘了很多次，没一次成功，人家都嫌我长得丑。就在我心灰意冷想回家种地的时候，无意中发现在一条小巷里每天蹲着很多人，他们都是做零工的。于是，我也每天天一亮就去那条小巷等着，想接一点活儿干。

我接的第一个活儿是为一套新房子打扫卫生。来找我干活的是个中年女人，她长得白白净净，看上去很随和。她说她姓毛，我就叫她毛阿姨。

她把我带到她的房子后，交代了几句怎么搞卫生，然后把一把钥匙递给我说："这是大门的钥匙，你出去倒垃圾时，要把门关上。三个小时后我来给你工钱。"然后她就急匆匆地走了。

由于房子刚装修好，有很多垃圾需要清理，到处都很脏，每个地方都要擦两三遍，还好我干活快，当三个小时后毛阿姨回来时，我已经把整个房子打扫得干干净净，毛阿姨很满意，给了我五十块钱。





拿着这张五十元的钞票，我太开心了，三个小时挣了五十块，比种地强太多了。我不回去了，我一定要在城里生活下来。

因为太激动，走的时候我忘记把钥匙还给毛阿姨了，几天后我才发现包里的钥匙。

于是，晚上我赶紧去还钥匙，可是毛阿姨不在家。小区的门卫有毛阿姨的手机号，他就打通了毛阿姨的电话让我接。

毛阿姨问我有什么事。我说，她的钥匙还在我这里呢，我是怕她担心，特意来还钥匙的。

毛阿姨笑了，说："就为了那把钥匙啊，没关系的，我不要了，你丢掉吧。"

我很意外。她叫丢那就丢掉吧，经过一个垃圾筒时，我掏出了那把钥匙，手伸到一半，我又停住了。不管怎么说，毛阿姨是信任我的，不担心我会用她的钥匙做坏事。进城以来，我遭遇了太多的白眼，从来没有一个人像毛阿姨对我这么好，把我当人看。

突然之间，我舍不得丢掉这把钥匙，决定把它留作纪念。

晚上，和苗苗闲聊的时候，我把钥匙的事情原原本本地告诉了苗苗。苗苗没说什么，几个来玩的男孩却很感兴趣，他们都是和苗苗同住的美兰的老乡，因为找不到工作，正愁没钱花呢，他们竟然想用这把钥匙去偷毛阿姨家的东西。他们说，门卫要是问，就说找毛阿姨，里面的楼道门可以每家门铃都按一下，有的人家大意说不定就开了。

我当然是强烈反对，后来干脆不理他们了。

第二天早上起来，我发现那把钥匙不见了，不用说，是那几个男孩偷去了，但我没有证据。

不行，得赶紧去告诉毛阿姨，让她换锁。

我顾不上吃早饭，就去找毛阿姨。巧的是，这次毛阿姨在家。我不好意思地、吞吞吐吐地把钥匙的事说了。

毛阿姨温和地笑起来，说："没关系的，小姑娘，其实那把钥匙打不开现在的门。"

"哦，你已经换过锁了。"我松了一口气。

"不是。"毛阿姨摇摇头说，"我用的是防盗 AB 锁，这种锁有 A、B、C 三套钥匙，在使用 C 钥匙之前 A、B 钥匙都可以用，装修完后，使用一次 C 钥匙，A 钥匙就打不开门了，只有 B 钥匙有用。我给你的那把是 A 钥匙，现在已经没用了。"

我听着有些晕，毛阿姨解释了两遍我才懂，原来还有这么高级的锁，现在的人真聪明啊。

我放心地离开了毛阿姨家。晚上，刚好那几个男孩又来找美兰玩，我就故意和苗苗说起 AB 锁，我要让他们知道，偷去了钥匙也没用，别想害人。

几天后的一个上午，我正蹲在小巷里等活儿，毛阿姨来了，我高兴地迎上去，毛阿姨着急地问我：“你上次说的那几个男孩你能不能找到他们？”

“有什么事吗？阿姨。”

“我家里被盗了，门锁没有被破坏，是用钥匙打开的，我怀疑可能和那几个男孩有关。”

“可是，你说了那把钥匙是没用的。”

“也许是那把锁的质量不好，那把钥匙仍有用。反正要先找到那几个人。我丢的东西虽然不值钱，但对我很重要，我一定要找到。”

听毛阿姨这样一说，我也很着急，就和她一起带着公安局的人去找美兰，通过美兰，很快找到了那几个男孩。没想到，毛阿姨家真是被他们偷的。偷来的东西除了二百元现金被他们花掉了，其余的东西都还在。

警察也很奇怪，他们是怎么打开门的。他们交代说，是拿着那把A钥匙去找开锁的师傅，配了一把B钥匙。起初大家不太信，后来警察拿一个防盗门的A钥匙去找了一个开锁师傅，真的配到了B钥匙。原来，A、B钥匙的原模型是一样的，只是孔和齿的位置不一样，内行人一看就懂，有经验的人只要在A钥匙的基础上稍加改动就可配出B钥匙。

东西都追回来了，那把A钥匙也拿了回来，毛阿姨感叹地说：“看来，觉得没用的钥匙也不能随便乱丢。也许它还是有用的。”

然后她问我，怎么会和这样一帮人混在一起。

我脸红了，着急地说，我没有和他们混在一起，只是我没有钱自己租房子，我把自己的情况详详细细地说了。

毛阿姨想了想说：“我看你挺老实的，这样吧，你愿不愿意去我的厂里做工人？或者去厂里食堂做事也行。”

我太高兴了，怎么会不愿意呢。

我跟着毛阿姨去了她的厂，那是个很大的厂，不过，看着那些转得飞快的机器我很害怕，所以，我选择了食堂。

我干活很卖力，所以大伙对我挺好的。更让我高兴的是，天天躲在厨房里，风吹不着，雨淋不着，我一天天地白起来，皮肤越来越好。我还学会了自己买衣服，学会了打扮。我看上去一点儿也不丑了，甚至还有点儿小小的漂亮。我不再那么自卑，也变得爱说爱笑了。几个月后，毛阿姨来食堂有事，一下子都没认出我来。

毛阿姨这次来，是因为工人们提意见，说伙食太差了。

毛阿姨召集食堂的人开了个会，会后又找我私聊了很久，我分析了目前食堂存在的问题，提了一些改善食堂的建议。毛阿姨听得很认真，说她会考虑的。

接下来的几个月，工人仍然意见很大，因为毛阿姨每来一次，伙食只好两天，很快又是老样子。

快到过年的时候，毛阿姨突然把我找去她的办公室，微笑着对我说：“我决定把食堂承包给你，你愿意做吗？”

我非常意外，连连摇头说：“不行，我做不了。”

“只要你愿意就行，没什么做不了的。我相信你！”

“可是，我觉得自己没那个本事。”

毛阿姨站起来，到她的办公室抽屉拿出一把钥匙，递到我面前，说：“你还记得这把A钥匙吗？你就和这把钥匙一样，你不是没用的，你有良好的基础。这几个月我一直在偷偷观察你，你还和以前一样善良诚实，但不像以前那样自卑木讷了。你现在敢想敢说敢做，是个有头脑的聪明女孩，我相信，只要给你机会，你会做好的。”

我的脸微微地红了，我有毛阿姨说得这么好吗？既然毛阿姨这么相信我，给我这么好的机会，我为什么不做呢？

当天，我就和毛阿姨签了承包合同。

我自己是苦草出身，我知道出来打工不容易，我把那些工人都看成是自己的亲人，我变着花样安排好他们的伙食，同时也注意节约成本，虽然利润不高，但工厂人多，我的收入还是可观的。

我不贪心，一直保持低利润，把食堂经营得很好。后来，毛阿姨的一些朋友听说了，主动找到我，我又承包了两家食堂。

再后来，我在城里买了房子，把父母都接到了城里，他们已经不把我当狗尾巴草了，也许他们从来就没把我当狗尾巴草，以前只是我的心理作用。

现在，我已经是个自信的人。我相信，每个人都是一把有用的钥匙，能打开属于自己的锁。每个人都有双隐形的翅膀，只要有合适的机会，就一定能飞起来。

# 286 风波

没想到，新来的物理老师那么小心眼，我随口说的一句话，他竟然气成那样，害得我倒霉，又要请家长。老爸已经警告过我，如果再让他来学校丢人现眼，他就要对我不客气了，怎么办呢？

我厚着脸皮，忐忑不安地走到班主任威老师面前，小声说：“威老师，你怎么罚我都行，就是求你不要请家长了。”

威老师看看我说：“其实，我也不想动不动就请家长，但你这次太过分了，竟然那样辱骂李老师，害得李老师血压升高，差点儿出意外。”

我有些委屈地说：“我真的没有骂李老师。”

威老师生气地说：“你还不承认，好几个老师都听见了，你骂李老师是二百六，你还真会骂人啊！二百六不就是比二百五更严重的意思吗？李老师已经五十多岁了，你这样骂他，他能受得了吗？”

我目瞪口呆，着急地解释说：“我是说李老师真是 286，286 是早期的电脑 CPU 型号，是速度慢、落伍了的意思。”

威老师愣了一下，“这么说，你真的没有骂李老师？”

我赶紧说：“当然没有，这些网络语言平时说惯了，一不小心就脱口而出，我真的不是有意冒犯李老师。”

我再三解释之后，威老师终于心软了，答应不请家长，让我写份检讨就行了。

我太高兴了，刷刷刷龙飞凤舞，一气呵成，一分钟就完成任务。

检讨书

**我错了，我不该说李老师是286，其实，偶粉稀饭物理，只是对李老师的教学方法难以下咽。584，以后一定好好学习，天天向上！**

威老师看了看我的检讨书，脸上又晴转阴，“这就是你的检讨，你真是屡教不改，都是些什么词，这样的东西除了你自己，别人能看懂吗？”

我吓得一吐舌头，赶紧解释：“‘偶’是‘我’，‘粉稀饭’是‘很喜欢’，‘584’是‘我发誓’的意思。我真的不是故意要用网络语言，我真的是用习惯了。”我一边向威老师承认错误，一边向他申明，这些词不是我发明创造的，它们在网络上很普及，同学们都懂的。

威老师不相信，说如果全班有一半同学能看懂，那就算我过关，不要我重写检讨了。

刚好，下一节就是语文课，威老师让我把检讨抄在黑板上，然后让看懂的举手。我紧张地四处张望，哈，全班同学都举起了手。

我笑了，没想到威老师也笑了，说：“看来，我也是286，我也应该与时俱进了。”全班大笑。

第二天早自习，威老师的第一句话就是：“昨天晚上我也上网了。”他说，他先是用他侄子的QQ与别人聊天，他不会打字，他侄子帮他打。别人问他多大了，他老老实实地说四十七岁，别人发过来一个“88”，他当时就想，“584”是“我发誓”的意思，利用的是谐音，那么这个“88”大概就是“爸爸”的意思，难道是说他年纪大了是爸爸那一辈的人？他侄子笑晕了，告诉他“88”是“拜拜”的意思，人家这是不想跟他聊了。

讲了一些聊天的笑话之后，威老师说，后来，他又看了一些和网络语言有关的新闻，很多学校都出现了学生在作文中使用网络语言的现象，还有的为了让家长看不懂，故意用网络语言写日记。在日常生活中，也有很多学生把网络语言挂在嘴边。对于这些让老师和家长摸不着头脑的词语，讨论很多，有人认为是垃圾，有人认为是时尚，也有人主张任其发展。讲到这里，威老师说：“今天，我们也来讨论讨论，究竟该怎么对待网络语言。”

威老师认为，网络语言应该只限于在网络中使用，不应该在作文和生活中使用，因为不上网的人看不懂。可是，同学们都接受网络语言，既然语言是不断发展的，那么网络中出现的新词语，肯定会慢慢融入生活，有些词用多了，那些不上网的人自然就懂了。

我们人多势众，威老师孤立无援，最终当然是我们赢了。威老师很是通情达理，没再说什么，第二天还宣布，要给我们换一个新的物理老师。这位新老师也姓李，是个年轻有为的海归，研究高能物理的。

大家都很高兴，海归就是海归，和本土的老师就是不一样，只上了一节课，就有不少同学崇拜这位小李老师。时尚的语言、全新的理念、独特的教学法，让我们兴奋不已。

可是没过多久，我们就晕菜了。因为小李老师说话老是夹带着很多英语单词，这些单词我们十有八九听不懂，好不容易猜出一个，他已经讲到老远去了。我们向他提意见，希望他讲课时不要夹带英语。小李老师双手一摊说：“我不是故意要这样说话，实在是说习惯了，改不过来。有的东西我习惯了用英语表达，如果要我用汉语，我一时不知道该怎么说，这会打断我的思维。”

我们还没怎么样，家长倒先急了，有些家长听说这种情况后，纷纷找学校领导，要求给我们班换物理老师。

威老师来征求我们的意见，不同意换老师的请举手。大家你看看我，我看看你，没有一个人举手。虽然我们很喜欢小李老师，但是他讲课我们听不懂怎么行，这样下去我们的物理就完了。

威老师不解地说：“你们都学过英语啊，小李老师只不过说话时夹带些英语单词，又不是完全说英语，你们怎么会听不懂呢？”

有同学回答：“就是听不懂。”

威老师说：“等听多了，自然就听懂了。”

又有同学答道：“很难。”

威老师笑了起来：“现在你们想想，对于那些不上网的人，网络语言是不是也很难明白呢？我不是说要把网络语言一棍子打死，只是说要区分场合，注意分寸，比如美眉、伊妹儿这些大家能懂的词作文中可以用用，但像赵辉同学把检讨写成那样，什么粉稀饭，584，这就属于滥用了……”

同桌小声地说我：“你看，你的检讨没写好，我们全班跟着你倒霉。”

同学们的目光纷纷投向我，我坐不住了，站起来说：“威老师，我错了，检讨我重写。还是给我们换个说话能听懂的老师吧。”

威老师示意我坐下，“你知道错了就行了，检讨就不用重写了，物理老师会换的。”

接着，威老师问我们，还让原来的李老师教我们行不行，我们同意了。

小李老师要走了，我们很想去送送他，但又不好意思，毕竟他是让我们“炒”掉的。

就在我们为难时，小李老师却主动来和我们告别了，我们这才知道，他竟然是李老师的儿子。他这次是回来探亲的，并不是真的要来我们学校当老师。我注意到，小李老师说话夹带的英语单词少多了，我们能听懂。我恍然大悟，对他说：“我明白了，你原来是故意夹带那么多英语单词让我们听不懂。”

小李老师笑笑说：“是威老师想让你们听不懂，好让你们明白滥用网络语言和这是一样的道理。不过，我平时确实是这样说话的，只是现在我在努力地控制自己。”

小李老师告诉我们，他教我们还有一个目的，就是想认识我们，想让我们知道，他之所以有今天的成绩，他父亲对他的帮助很大。他有些自豪地说：“我父亲表面上看像是286，其实，如果你们真正接触了，你就会发现，他比什么电脑都有趣。”

小李老师说的没错，后来，我们越来越喜欢李老师，他渊博的知识，敏捷的思维，把我们带进了一个美妙的物理世界。

# 胡说英语不郁闷

又是英语课，真郁闷，我想不出有什么理由要把英语当成主科来学，我不打算出国，不打算当翻译，不打算……

正胡思乱想着，英语老师进了教室，身后还跟着一位漂亮女孩。

老师示意大家安静，然后指着女孩介绍说："这是新转来的同学，姓颜，颜色的颜，单名一个妍字，百花争妍的妍，大家欢迎颜妍同学。"





教室里响起一片掌声，我的掌声尤其热烈。为啥？那还用问吗，只有我旁边的位子是空的！

在全班男同学羡慕的目光中，老师把颜妍带到我身边坐下。就这样，我和颜妍成了班上唯一一对异性同桌。

一下课，我就向颜妍作自我介绍："在下叶风，请多多关照。"

颜妍嫣然一笑，说："也请你多多关照。"

闲聊一番后，她问我英语成绩怎么样。

我笑嘻嘻地说："全班第一。"

"太好了，你是怎么学英语的，有没有什么秘诀？"

我仍然笑嘻嘻地说："不过是倒数第一。"

她显然不相信，"小气，不教就不教，我找别人。"

我一看情况不妙，赶紧说："别，我教你就是。"只怪我们班女生太少，好不容易来了个美女，还不抢着帮？

一连好几天，我在家生吞活剥地看了好几本英语参考书，然后一本正经地向颜妍“传道授业”：“英语其实很好学，关键在方法，死记硬背是不行的。我的秘诀就六个字：狂看、瞎听、胡说。”接下来，我口若悬河——

狂看就是大量地、反复地记单词，一定要快，快才能量多，没记住不要紧，关键在反复记；同时要大量地阅读，在不同的文章里看见同一个单词就容易把这个单词记住。

瞎听就是只用耳朵听。又分为精听和泛听，精听就是仔仔细细地听，争取把每个词都听懂。泛听就是有事没事都听，听不懂没关系，这样不但能帮助记单词，还可以培养语调、语感和语速。

胡说就是平时一定要开口说，说错了不要紧，只有多说才能形成英语的惯性思维。

颜妍听得津津有味，眼里满是佩服，还真的把我这通胡吹当成了学英语的法宝，认认真真地对我说：“这狂看、瞎听我可以单独完成，可胡说得有个陪练的呀，你干脆好人做到底，当我的陪练吧。以后我们俩课间说话只用英语，就当自己不会汉语怎么样？”

我顿时觉得头晕目眩。

颜妍小嘴一撇说：“你不愿意，那我只好另找陪练了。”说完，她真的问前后座的同学愿不愿意。那几个家伙高兴都来不及呢，从此他们一下课就叽里呱啦的。为了能早日和他们一起胡说，我只好背地里狂看、瞎听。

这样狂看、瞎听、胡说了三个月，我突然发现原来英语也很有意思。我都有点儿盼考试了，想看看自己到底进步了多少。

终于到了期末考试，我的英语破天荒地进了班上前十名，一起胡说的同学也都进了前十名，考得最好的还是我的“学生”颜妍，年级第一。我不由得万分得意：可见我总结出来的学习方法多么有效啊！

我正洋洋得意着，忽听英语老师说："这学期进步最大的是叶风同学，他为什么会取得这么大的进步呢？得感谢颜妍同学，是她教英语的方法好。"

我差点儿没吐血！那个方法明明是我总结出来的，怎么反过来成了她教我。哎！再一想，也难怪老师会这么认为，人家考全年级第一，按逻辑推理，当然是分数高的教分数低的。

老师似乎看穿了我的心思，接着说："叶风同学是不是以为我说错了，我要告诉大家一个秘密，我和颜妍同学以前就认识，是在省里举行的一次英语辩论赛上，那时，我曾和她有过一场激烈的辩论。"

班上立即炸开了锅，全班的目光，齐刷刷地集中到了颜妍身上。我也瞪大了眼睛，颜妍原来这么厉害呀！

老师接着道："当时颜妍的观点是：别的科目学不好，可能是学生自己的问题，但英语，特别是口语没学好，绝对是老师教学方法不对。我的观点是：老师教得再好，也还要学生认真去学。最终，这场辩论是我赢了，但她很不服气，还开玩笑说，如果有机会，一定要用事实胜过我的雄辩。这次，她正好转到我们学校，于是，我们打赌，如果她让英语成绩最差的学生取得明显的进步，那我就输了，五百元以内的奖品任她挑选。现在，颜妍同学真的证明我输了，但我输得心服口服。现在我向你们检讨，你们英语没学好，全是我的责任。"

全班笑成一团，老师也跟着我们一起笑。

看看时间，要下课了，老师这才很认真地说："其实，作为老师，我感觉这场打赌我是赢家，为什么呢？因为我赢得了一个新的教学理念。我们的物理小天才叶风原先最不喜欢英语，每次考试都是倒数第一，现在他进步这么大，可见英语其实很好学，我相信，只要你们愿意,每个人都能把英语学好。希望以后全班同学都来‘胡说’。最后，我要特别表扬一下叶风同学，他总结出来的狂看、瞎听、胡说学习法，值得推广。”

听了这话，我心里美滋滋的。后来，这套“胡说英语”学习方法也慢慢地被同学们推广开来……

# 歪打正着的 E-mail





反正我是破罐子，还怕摔吗？从初一到初三，我把自己摔成了一个破烂不堪的坏孩子。我讨厌老师，讨厌女生，讨厌学校，我根本就不想上学。初三升学考试，我每门课都只考了五十多分，本以为这下子不用再上学了，但老爸老妈花了一万多，非要我念高中。

我极不情愿地进了高一，仍然对校园生活厌烦透顶，所有的老师里，只有班主任齐老师引起了我一点点兴趣。他向全班公布了他的家庭电话和电子信箱，希望大家不只把他当老师，还把他当朋友。他教我们政治，但他讲课时从来不看书，更让我奇怪的是，他居然能把这门最枯燥的课讲得颇有些味道。

日子很无聊，我想做些无聊的事情消遣。我假装是一名女生，化名海哑，给齐老师发了封 E-mail，诉说对他的暗恋之情。没想到的是，第二天我就收到了他的回复。

**海哑同学：**

**一直跟你联系不上，原来你换了信箱。两个月前你发给我那么长的 E-mail，说喜欢班上的陶冶同学。我很为你担心，怕你不能自拔，影响学习。再次收到你的 E-mail，我又吃惊**

又高兴。吃惊的是，你怎么会又突然喜欢我？高兴的是，这说明你已把陶冶从你心中抹去了。对陶冶的感情，你写了五千字，结果两个月就消失了。对我的感情，你不过写了五十个字，我相信很快也会消失的。在你这样的年龄有这种蒙眬的情感是一种正常的现象，不要为此烦恼，也不要责备自己，振作起来，好好读书。不知你自己注意到没有，上次你说陶冶的声音像周杰伦，这次你说我的声音像刘德华。因此我建议你，不如直接去喜欢周杰伦、刘德华那些明星吧。这样你的情感有所寄托，又不会有烦恼。希望你开心快乐，好好学习。

齐老师

我大吃一惊：全班，估计全校也只有我一个人叫陶冶。这么说，班上有个女生偷偷地喜欢我？她是谁呢？她也给自己取名叫海哑，除了巧合，应该还有一点点和我心灵相通吧？她肯定也喜欢那个海哑的日本动画片！

我久久地站在镜子前，突然之间不再那么讨厌自己，我有点儿喜欢上学了。我开始偷偷观察班上的女生，发现她们原来也不全是"骄傲得让人讨厌的动物"，但我看不出到底谁是那个海哑。想到有一双温柔的眼睛在默默地关注自己，我开始努力地想让自己表现得好一点儿。我开始参加集体活动，我开始和女生说话，我开始做老师布置的作业，甚至，我开始觉得生活有了欢乐和阳光。

不过，我的阳光怎么都灿烂不起来。都是因为初一时的那件事，它是压在我思想里沉重的包袱，我不知道怎么把它放下。它是笼罩在我心头浓厚的阴影，我不知道怎么把它驱散。我想告诉齐老师，又没有那份勇气。

星期天的下午，我头脑一热，又用海哑这个名字给齐老师发了封 E-mail。

齐老师：

您好！谢谢您的提醒，几经思考，我终于明白，其实我“爱”的是周杰伦和刘德华，而不是陶冶和您。不过，我确实喜欢陶冶做我的同学，喜欢您做我的老师。最近，我听说了一件关于陶冶的事，您能帮帮他吗？他上初一时，偷偷喜欢班上的一个女孩。有一天他误听了同学的谈话，以为那个女孩要转学，就给那个女孩写了封情书。他没有勇气亲手交给她，就采用了邮寄的方法。信寄到学校，班主任认出了他的字迹，感觉里面有文章，就把那个女孩找去，女孩同意老师把信拆了。随即，班主任为这件事开了个班会，公开宣读了这封情书。陶冶一时成为同学们的笑料。这些还不算，班主任又把他的家长找去。父母的训斥、老师的批评、同学的嘲笑彻底粉碎了陶冶的自尊。他从此自暴自弃，成为老师和父母眼中的坏孩子，几经转学，也无济于事。您是我最尊敬最信赖的人，有什么方法让他摆脱那件事的阴影吗？

海哑

晚上，等老爸老妈睡觉后，我偷偷起来打开电脑。信箱里果然有齐老师的留言：“心病还须心药治。明天的早读为陶冶同学改为班会，我希望这个班会不仅能帮助他，而且能给其他同学一点儿启示。”

我差点儿没晕过去！本来只想让齐老师通过 E-mail 告诉“海哑”一个解决问题的方法，没想到他竟然会为此开班会。这下，我最想忘掉的那件事不是让全班都知道了吗？天哪！这可怎么办？我后悔得肠子都要断了。想给齐老师打电话，请他不要开班会，又怕暴露自己；想用海哑的名字发 E-mail，恐怕已经来不及了；逃学或者装病吧，顶多只能躲过一时。想来想去，我怎么都睡不着，快天亮时才睡了一会儿。醒来之后，头脑冷静了许多：齐老师做事一向很为学生考虑，应该不会明确说出那件事发生在我身上吧？

忐忑不安地来到学校，刚坐下，齐老师便和往常一样神采飞扬地走进教室："今天早上不看书了，我想和大家聊聊天。"课堂气氛立即活跃起来，大家都喜欢和齐老师聊天。齐老师大声说："平时，我都是叫大家提意见和建议，今天我想听听大家的表扬。你们说，我这个政治老师给大家当班主任，你们满意吗？"

"满意！"大家齐声说。

"好，那就具体说说为什么满意。"同学们纷纷举手，争相发言。只有我心事重重，不知他葫芦里卖的什么药。

看看教室里"热"得差不多了，齐老师示意大家安静，严肃地说："你们知道我为什么选择了当政治老师吗？现在我来讲一件真实的事情。我出生在农村，小学在村里念的。1984 年，我考上了乡里的初中，开学那天我姑姑给了我两块钱。因为从来没有过那么多钱，我高兴得不得了。把钱拿在手上，一会儿折叠，一会儿展开，一高兴还在上面写了一句从墙上看到的标语'打倒×××'……首先是政治老师发现了我写在钱上的字，他立即告诉了班主任，班主任又告诉了校长。他们都是经历过'文革'的人，都有严重的'文革'后遗症，把我年少无知的行为当成了严重的政治事件。班主任的话把我吓坏了，他说，在钱上写字本身就是犯法，写打倒国家领导人罪更重，是反革命，是要坐牢的。因为我年纪小，从宽处理，就不报告给派出所了，但要在全校大会上作检讨。第二天上午，全校停课半天，在乡电影院开政治思想教育大会。我念完检讨书后一直被迫站在前台上，被全校师生的眼睛盯着，听校长和老师的长篇大论。那是我人生中最漫长的一个上午，当时，我真恨不得台上有个洞让我钻进去。那件事后，我想过退学，但最后还是坚持留在了学校里。我常常幻想我喜欢的老师应该是什么样子，并发誓要做那样的老师。于是，顽皮贪玩、成绩平平的我开始发奋读书，以优异的成绩考入市重点高中，然后又以重点本科的分数进了师范大学。通过这件事我想告诉大家，当我们遇到挫折、伤害或者不公正的对待时，不要倒下，更不要自暴自弃，而是要更积极更努力地去生活。在生活的字典里，最好不要有抱怨、嘲讽、怨天尤人这些词。如果你认为某某老师不合格，努力学习吧，将来自己做个好老师；如果你认为中国的动画没有日本的动画好看，努力学习吧，将来自己设计出更好的……总之，我希望大家不仅好好学习，而且有健康的身体、健全的人格和积极向上的人生观。”

班会在热烈的气氛中结束，我是班会上唯一没有发言的人，但我相信，我是最受感动最受启发的一个。晚上，我给齐老师发了个 E-mail，说出了事情的全部经过，同时也表达了我真诚的感谢和努力学习的决心。很快，我收到齐老师的回复：“谢谢你的信任，我早就知道有两个海哑。我猜到第二个海哑是你，而且我知道第一个海哑是谁，你想知道吗？你想和她成为朋友吗？”

我的回答当然是“Yes”。

“坐在你的位子上，转过一百八十度，你就跟她面对面了。你们可以光明正大地做好朋友，互相帮助，但不要辜负了我对你们的信任。”

坐在我后面的不就是齐老师的外甥女夏中凝吗？让自己的外

甥女和我这样的差生做朋友，他也放心？当我在学校再看见夏中凝时，真有点儿不好意思起来，她倒是挺大方的，主动找我说话。我们两个还约定要比一比，看谁期末考得好。

暑假来临，当我把优良的成绩单放在老爸老妈面前，他们没有惊喜万分，老爸反而给了我一巴掌。我被打蒙了，好半天才明白过来：他以为成绩单是我伪造的。后来有了齐老师的作证，他们才高兴得不知说什么好。老妈直埋怨老爸错打了我，我笑了笑说："没关系，是我以前太该打了。"接着我拿出书房的钥匙说："这是我以前偷偷配的，你们不在家我就上网玩游戏。现在我把它交出来，我已经知道正确地利用电脑了，你们能放心地给我一把钥匙吗？"老妈笑了："瞧我们儿子，才用功了几天就懂事了这么多，还要钥匙做什么呢？以后书房就不用锁了。"一向对我如同阶级敌人的老爸把头扭到了一边，我看见，一丝笑意也爬上了他的嘴角……

晚上，我打开电脑，按约定把当初发给齐老师的那个恶作剧的 E-mail 发给了夏中凝。作为交换，她也把当初发给齐老师的那个五千字的 E-mail 发给了我。我急不可耐地打开，她把我写得实在太好了，我真不敢相信自己有那么好。我把这封"情书"看了又看，最后才发现几行空格之后还有一段话："对不起！陶冶，这是我从《情书大全》上摘抄来的，当初发给我老舅，纯粹是为了试探他做班主任的水平。因为你是最'坏'的学生，所以借用了一下你的名字。你不会生气吧？不会告诉我老舅吧？我们还是好同学，对不对？"

我也不知道自己的笑属于什么笑，反正我笑了一下，然后敲出回复："夏中凝同学，谢谢你先送'火锅'，再送'冰啤'，味道好极了！"

# 一碗脏水改变命运

英子是村里最有出息的女孩，因为她在二十岁那年嫁了个四十岁的城里男人，男人为她家盖了一栋两层的小洋楼，小洋楼在一群土坯小瓦房中昂然独立，让村里村外的人咽口水，英子的弟弟因此娶了邻村最漂亮的姑娘。

我的父母也希望我像英子一样有出息，在我十八岁那年，他们带我进城去找英子，请她帮忙给我找个保姆的活儿干，英子也是十八岁进城当保姆的。

英子很热情，很快为我联系好了一个人家，女主人蓝阿姨四十多岁，但看上去很年轻。我的任务是照顾蓝阿姨的女儿颜颜。颜颜出了车祸，双腿被轧断了。

在接颜颜出院之前，蓝阿姨担忧地对我说：“颜颜的情绪很糟，你要看好她，防止她自杀。”

我这才知道自己责任重大，连忙认真地说：“阿姨放心，我一定看好颜颜姐。”

颜颜比我大两岁，本来正在舞蹈学院上学，这突然的变故让她无法接受。她整天坐在轮椅上发呆，不说话，不哭也不笑。不过还好，她没有像她妈妈担心的那样寻死觅活，因此我的工作很轻松，几乎没什么事可做。洗衣做饭搞卫生都另有钟点工做，我只要看护颜颜就行了。

渐渐地，颜颜不再整天发呆了，她开始看书，或者和我说说话，偶尔，我还看见她露出一点儿笑容。

有一天，颜颜在书房看书，翻来翻去没什么好看的，她叫我去买几本新出的杂志。我说，等钟点工来了我再去买，颜颜有点儿不高兴地说："可我现在就想看嘛！"

我想，颜颜的情绪越来越好了，应该不会有事吧，我不想惹她不高兴，所以就答应她去买杂志。

买了几本最新的杂志，一进家门我就高兴地喊"颜颜姐"，却没人答应，书房的门关着，我用钥匙也没打开，显然里面扣住了。我感到事情不妙，大叫："颜颜姐、颜颜姐……"还是没人回答，我急了，想把门撞开，可是撞不开。

我吓晕了，赶紧给蓝阿姨打电话，蓝阿姨说她马上回来，叫我先找小区保安帮忙把门砸开。

保安把门砸开后，就见地上有很多血，颜颜的脸像纸一样白，闭着眼睛歪在轮椅上。她肯定是死了，我吓得大哭起来。老天好像也知道一样，突然下起了瓢泼大雨。

我正不知该怎么办，蓝阿姨回来了，医生也来了，还好，颜颜没有死，我在心里直念阿弥陀佛。可是，颜颜对自己被救很不高兴，她哭着对她妈妈说："为什么要救我，我活着没有任何用处，我生不如死，这次没死成下次我还会死的，你们看不住的，只会让我多受一次痛苦。"

蓝阿姨也哭，她一边擦自己的眼泪，一边给颜颜擦眼泪，说："医生说了，你的情况还算好的，可以安假肢重新站起来，你是个坚强的孩子，妈妈相信你，你的心也会站起来的。"

颜颜说："我不坚强，我站不起来，就算安了假肢又怎么样，我还能跳舞吗？我还能像正常人一样去生活去工作吗？我活着一点儿用处也没有，只是你们的负担。”

蓝阿姨突然叫我，吓了我一跳，我知道自己犯了严重的错误，一直都没敢和蓝阿姨说话，我诚惶诚恐地问她要做什么。

蓝阿姨说：“你去拿两个碗，接一碗自来水，再去外面接一碗雨水。”

我默默地照做了，蓝阿姨把两碗水端到颜颜面前，问她：“你看这两碗水有什么不同？”颜颜说：“一碗是干净的，一碗是脏的。”蓝阿姨又问：“那你说哪碗水有用？”颜颜说：“当然是干净的那碗水。”

蓝阿姨说：“是吗？”她叫我把窗前的君子兰搬过来，看着君子兰蔫巴巴的叶子我才想起来，我已经很久没给它浇水了。我不安地把这盆快干死的君子兰搬到床前，不好意思地说：“我忘记浇水了。”蓝阿姨没有责备我，而是问颜颜：“你说现在浇水还能不能把它救活？”颜颜说：“也许可以吧。”蓝阿姨说：“那我们试试，你说，应该用哪碗水浇它。”颜颜说：“当然是用雨水，因为自来水不能直接用来浇花。”

蓝阿姨轻轻地笑了一下，说：“这就对了，我们不能说干净水就比脏水有用，有用和没用是相对的，不是绝对的。你看，一碗脏水都有用处，何况是一个活生生的人呢……”

蓝阿姨说了很多，她的话我似懂非懂，但觉得很有道理，颜颜没再哭也没再说话。

第二天，君子兰活过来了，颜颜打吊水的时候，一直看着那盆君子兰发呆，突然她问我：“你说我真的还能做一个有用的人吗？”我赶紧说：“当然能。”她好像是问我，又好像是问她自己：“我能做什么呢？我能有什么用呢？”

老实说，我也不知道颜颜能做什么，我四肢健全都不知道做什么，只好出来当保姆，一个没有双腿的人又能做什么呢？想到最后，我觉得颜颜还是有用的，至少对于我来说是有用的，如果没有她，我就没这份工作了。想到这里，我不由想起父母送我进城的目的，想到英子，我看得出来，英子的父母和弟弟很开心，但英子一点儿都不开心。我真不愿像英子那样，用自己一生的幸福给家里换楼房。要是我自己能挣大钱就好了。

就这样胡思乱想了一晚上，我真想出了一个主意：我家里有山有劳力，颜颜有知识，她家也拿得出本钱，如果我们合伙来种一些值钱的东西，既能让我家里盖楼房，又能让颜颜觉得自己有用，这不是两全其美吗？

我把自己的想法一说，颜颜也很感兴趣，我们立即研究起来，种什么最好。

我们翻出一大堆报纸杂志，专看广告，首先看中了种药材，投资小，利润大，于是就寄了钱去买资料和种子，谁知回来一试，根本长不出东西，是骗人的广告。

这次失败之后，颜颜说，也不一定非要种东西，做别的也行，只要能挣钱。于是我们又留心别的广告，什么做无尘粉笔呀，玩具纸飞机呀，人造鸡蛋呀……结果没一样成功。好在每次损失的钱不多，不过两三百块。

这样乱折腾了半年，我们终于聪明起来，不再相信那些吹得天花乱坠的广告了。颜颜请她一个同学帮忙，找了一个农大的教授为我们分析，认为种板栗最好。虽说种果树时间长点儿，但经济效益也长。

蓝阿姨看着颜颜这半年多的变化很高兴，同意拿钱给颜颜，让她去我的家乡投资种板栗。一开始，只是在我家的山上试种，在蓝阿姨和农大教授的帮助下，我们逐渐推广到全村种植，后来又发展到邻村。

一转眼八年时间过去了，颜颜早就能拄着拐杖走路了，她和我一样每天忙得团团转，已经忘了自己是个残疾人。

我家也盖起了楼房，不，应该说，我们种板栗的几个村子家家户户都盖起了楼房，村里的女孩再也不用进城当保姆了。如今，在那些父母眼里，梅子是全村最有出息的女孩，他们常常教育自己的孩子要像梅子一样有出息。

梅子就是我。

# 庸才是这样炼成的

## 一

十八岁那年，是我人生最黑暗的日子。五岁时爸妈就送我学画画，六岁时我就有了伟大的理想，长大了要当一个画家。我一直为了这个理想而努力，有时努力得连我自己都感动。

可是，尽管我那么努力，我却没考上我向往的那所美术学院。如果是文化课分数达不到，我还不难过，让我伤心的是，我居然是专业没过关。

我不服气，爸妈也想让我再考一年。于是，他们带我去拜访一个有名的画家，想请他教我一年。

画家看了我的画后，把我爸妈叫到另外一间屋子里去了。我猜，他是要谈学费问题。我知道，像这样的画家收学费不会低，爸妈为了我什么都肯付出，再贵的学费他们也会交，还会骗我学费不贵，所以，我悄悄地跟了过去，趴在门外偷听，如果学费太贵，我就不学了。

让我万万没想到的是，画家根本没提学费的事，而是对我爸妈说："我看了你们女儿的画，觉得她缺乏画画的天赋，她的画里没有灵气，所以，我认为，你们还是不要勉强她学画了。"

“我们没有勉强她学，她是自己愿意学的，她从小就很乖很努力，做完作业就画画。”这是母亲的声音。

“不是努力就能成功，你们不要让她再浪费时间了……”画家语重心长地说。

我知道画家是好意，可是，这对我的打击太大了，比知道高考落榜时还要伤心。我呆呆地靠在门框上，他们接下来的话我没注意听，甚至门开了我都没发现，直到妈妈惊慌地叫了我的名字，我才回过神来。

“妈！我们回家吧。”看着妈妈，我突然哭起来。

一路上，爸妈就像他们做了错事一样对我小心翼翼。妈妈说：“别难过，这人不愿带学生，咱们再找老师，我一个同事的亲戚认识一个画家，明天我们去找他介绍一下。”

我擦干了眼泪，说：“妈，你们的谈话我都听到了，你别再为我操心了，我不想学画画了，也许我真的不是画画的料。”

“你别听那个画家的，他是不想收学生才那样说的，你怎么会没有天赋呢？从小到大，哪个亲戚朋友不夸你画得好？”

“那些亲戚朋友又不懂画，他们当然说好。画家是专业眼光，他说的才是对的。”长这么大，我第一次反驳了妈妈的话。

妈妈没再说什么，我知道，她和我一样伤心。

## 二

从那以后，我心灰意冷，决定不再学画，也不再参加高考。八月底，眼看快开学了，妈妈要我报名参加补习班，我就是不肯。刚好在这时，乡下表姐进城来有事，妈妈就让她劝我。

表姐是一个小学老师，思想很开明，她和我长谈了一夜之后，站到了我这一边，反过来劝我妈，别让我去补习了，让我休息一下以后再说。表姐比我能说会道，只用了两个小时就说服了我妈。

我想出去打工，爸妈又不乐意了，说不考就不考，但也不能出去打工，就在家呆着，他们养得起我。

后来，表姐想了个折中的办法，她说，她要出去学习一个学期，正想找个人帮她代课，不如让我去做代课老师吧。我一个高中毕业生，教小学应该没问题的。

就这样，我去了表姐他们村小学当代课老师。这个学校共有六个年级，每个年级只有一个班，每个班大约二三十人。我代表姐的课，教四年级语文和美术。

语文和美术都是我喜欢的，我相信我能教好。

可我没想到，这群四年级的毛孩子，竟然那么难对付，不但上语文课调皮捣蛋，就连上美术课也不听话。

第一次上美术课是开学第四天，我从家里带来的苹果还没吃完，就带了一个到教室，让同学们画苹果，我想摸摸他们的基础怎么样，所以就没在黑板上作示范。我把苹果摆好后，就在一旁备课去了。

下课后，课代表把大家的画收上来交给了我，我一看差点儿气晕了，画的都是什么呀，居然没一个人画苹果，都是自己想画什么就画什么，这也太不把我这个老师放在眼里了。

我随手翻开最上面一本，这是李子瑞的，他画的是一个咧嘴大笑的小男孩，旁边还写着他的名字。我沉下脸问他："我叫你画苹果，你为什么要画人？"

"我画的是我自己，苹果被我吃了，在我肚子里。"李子瑞高兴地说，好像他真的吃了一个苹果。听着他调皮的回答，我差点儿笑出来，不过我不能笑，笑会纵容他们，以后他们更不听我的话了。我严厉地说："擦掉，我叫你画苹果你就画苹果，不能画别的。"

我又随手翻开一本，是班长李琳琳的，她画的是一个圆形的房子，里面好几条虫子坐在桌子边。我问她："你是不是和李子瑞的意思一样，苹果被虫子吃了？"

"不是，苹果没被虫子吃掉。"可能是见我脸色不对，李琳琳怯怯地回答道，"苹果是虫子的房子，虫子们正在开会，讨论什么水果最好吃。"

我真晕，这些孩子怎么尽想着吃。

后来我打听了一下才知道，在这里，苹果属于稀罕的水果，孩子们平时是吃不到的。所以，看到苹果他们想吃也很正常。

我数了数我剩下的苹果，还有五个，全班共二十五个学生，正好五个人分吃一个。看他们吃苹果时那开心的样子，我告诉他们，我星期天回家还会带苹果来，但不会再平分了，而是谁画的苹果最好就给谁吃。

这个办法果然奏效，后来孩子们和我的关系好多了，画画也很认真。我每节美术课都让他们画苹果，我给他们讲了达·芬奇画鸡蛋的故事，告诉他们，画苹果和画鸡蛋是一样的道理，只要把苹果画好了，画画的基本功也就练好了。

我先教他们素描，后教水彩，为此，我还自己掏钱买了便宜的水彩给他们。功夫不负有心人，经过几个月的努力，大家都能熟悉地用水彩画苹果了，有明暗，有高光，画得像模像样的，这让我很有一点儿成就感。

## 三

学期快结束时，表姐回来了，她带回来一箱苹果，准备送给孩子们，她开心地说：“孩子们分到苹果肯定很高兴，有的孩子还没吃过苹果呢。”

我笑了，说：“班上每个孩子都吃过苹果了，我给他们吃的。我还用苹果作为奖励，谁画的画好，就奖一个苹果。”

这时，上课铃响了，正好是美术课，而且是这学期最后一节美术课。表姐说，她很想孩子们，这节课就让她来上。

表姐搬着一箱苹果高高兴兴地去了教室。

四十五分钟后，表姐皱着眉头回来了。我忙问她：“姐，怎么了？”

“我给每个孩子分了一个苹果，让他们画，结果他们画的全是苹果。”

我笑了，“你让他们画苹果，他们画的当然就是苹果。”

“以前不是这样的，这群孩子我是从一年级教起的，上美术课我都是让他们随便画。比如，我画一朵花在黑板上，他们可以画这朵花，也可以画这朵花让他们想到的东西。他们总是有很多天真有趣的想法，画出的画千奇百怪，很有意思，不会有人画黑板上一样的花。”

我一愣，想起了第一次上美术课的情形，难怪没一个人画苹果呢，原来如此。我觉得表姐这样教美术不正确，反正我们俩的关系好，所以我就开玩笑地说她，这是误人子弟，要这样上美术课，孩子们的画画水平永远提高不了。

表姐无所谓地说，这些孩子画画不过是玩而已，又不是为了当画家。

我不赞成表姐这种态度，立即反驳道：“你怎么就知道他们成不了画家，说不定他们当中就有将来伟大的画家呢。这个年龄正是画画启蒙最好的时候，现在学的东西，很可能会影响他们的一生。”

见我认真，表姐也不笑了，认真地说：“我不是说你不该教画画的技法，只是觉得你太看重技法了，弄得孩子们现在看见苹果再也不想别的了，就只想这是一个苹果，哪里明哪里暗哪里是高光。这让他们失去了想象力。一个孩子没有理想不可怕，没有幻想那才可怕。老是画苹果有意思吗？我就不相信那个达·芬奇真是画鸡蛋练出来的。”

我不吭声了，表姐这番话让我深思很久，是啊，难道达·芬奇真的是画鸡蛋练出来的吗？没有理想不可怕，没有幻想那才可怕，这句话用在我身上不也合适吗？我明白那个画家为什么不肯教我了，我现在缺乏的不是画画的技巧，而是想象力，这是任何老师都教不了的。从小我就为了理想画画，其实，一个小孩子懂得什么叫理想，那还不是大人灌输的，所以，不能说我没有灵气，我只是被所谓的理想束缚了。

想通了之后，我对自己又有了信心，我重新拿起了画笔，我要画出我自己的梦。

后来，我又在那里代了一年半的课，那些孩子让我脱胎换骨，化茧成蝶，他们让我学会了幻想，让我的思维飞起来。我没再参加高考，而是自由自在地画我自己喜欢的东西，同时，我开始为一些杂志画插图。

现在，我的插画和漫画已经在圈内小有名气，并且为我带来了可观的收入。我庆幸自己在十八时明白了那个道理：一个孩子没有理想不可怕，没有幻想那才可怕。十八岁，还可以算是孩子，如果到三十岁才明白，也许就晚了。

# 自己的单自己埋

初中毕业后我就在外面混，结交了很多意气相投的朋友，大家有福同享，有钱同花，日子倒也过得逍遥快乐。唯一让我烦的是我老爹，我真怀疑他是不是我亲爹，和我说话总是板着脸，好像我欠了他多少钱似的。对我板脸也就算了，他对我的朋友们也是板着个脸，有时还轰他们走，让我很没面子。

而在老爹的心里，最烦的就是我了，他同样怀疑我是不是他亲儿子，他想不明白，他是堂堂重点高中的优秀教师，而我居然连普通高中都考不上，为什么从我身上就看不到一点儿他的遗传呢？除了对我横眉冷对之外，他还常常威胁我："我告诉你，我只养你到十八岁，你不好好学点儿东西再这样混下去看你到时怎么活命。"

切，我就不相信离了他老人家我就活不下去，十八岁生日一过，我就自己搬了出去，和几个哥们儿住在一起。我们几个结拜为兄弟，光头最大，二十岁，他也最有本事，我们平时花的钱都是他弄来的，他还有个女朋友，长得特别漂亮，我们都叫她嫂子。

我们在一起开心地过了十来天，光头突然愁眉苦脸起来，原来他的种子在嫂子的肚子里生根发芽要长成小光头了。老二轻松地说，愁什么，做掉呗。光头说，可是没钱，他现在所有的财产还不到一百块。

光头没钱，也就意味着我们都没钱花了，怎么办？于是我们买来了一箱啤酒，几袋花生米，喝着啤酒吃着花生米召开了第一次全体会议，商量如何弄钱。最终我们采纳了光头的建议，决定到乡下偏僻的路段去拦劫客车，让每个乘客给我们十块钱，这样随便拦几辆车就能弄到千把块钱。本来我是反对的，觉得这样是抢劫，但他们都说，只让每个人给十块，算什么抢劫啊，再说了，乡下又没有警察，怕什么。我不想让他们笑我胆小说我没用，也就没再反对了。

第二天我们就全体出动，在一段没有人烟的山路边拦住了一辆某县城来的中巴客车，光头他们拿着刀，威胁乘客们不准乱动，我负责收钱。当我收到最后一排时，一个中年女人说她没有十块的，给了我一张五十的。我想每个人只收十块总不能多收她一个人的钱吧，就去包里掏钱准备找给她四十。正在这时，听见光头在车门口喊，快跑，有警车停下来了。我慌了，掏掉了好几张十块的，我忙蹲下身子去捡起来，数了四张找给那个中年女人。这样一耽误，其他人都跑掉了，就我一个人被抓住了。

被刑拘之后我才知道，在公共交通工具上抢劫要处十年以上有期徒刑、无期徒刑或者死刑。也就是说，我最少要坐十年牢，我人生最美好的年华将要在监狱里度过，我后悔莫及，觉得自己这辈子算是完了。

案子移送审查之后，家里为我请了律师，律师向我求证，我户口本上的生日 9 月 20 日是指阴历还是阳历，原来我妈告诉他，那上面的日期是指阴历，也就是说，我犯案时还没满十八岁，律师准备从这一点为我辩护，争取从轻处罚。我又不是傻瓜，当然说是阴历。其实我知道，我的生日是阳历，因为我老爹算是有文化的人，他给我报户口时没有按农村的老习俗。

开庭审理时，律师请了好几个证人证明，我是在农村老家出世的，八岁时我家才搬进城，在我的老家，所有七十年代出生的孩子生日都是按阴历，报户口时都没有转换成阳历。

这些证人证言都对我非常有利，我暗自高兴，没想到公诉人提出，他们有证人可以证明我户口本上的生日是阳历，我在犯案时满了十八岁。

让我万万没想到的是，他们传上来的证人竟然是我老爹，我再一次怀疑，他是不是我亲生父亲，他竟然在庄严的法庭上作证，我的生日是阳历 9 月 20 日，我犯案时满了十八岁。他的大义灭亲不仅毁了我，也毁了我的母亲，她有可能被指控犯了伪证罪。

伤心之后就是绝望，这下完了，彻底完了，不但不能从轻，可能还要从重。我愤怒地看着父亲，眼泪流了下来。

就在我完全绝望的时候，又一件想不到的事情发生了，公诉人又传上来一个证人，这次竟然是为我请求从轻处罚的。这个证人就是在客车上给了五十我找她四十的中年女人。

公诉人动情地说，虽然我已经满了十八岁，但我的思想还是不成熟的，本质也是善良的，谁见过抢劫还找钱给人家呢，而且我也不是主犯，所以他请求对我从轻处罚。

最终，我被判五年有期徒刑，我非常感谢那个作为公诉人的检察官。同时，我也在心里恨父亲，他连个陌生人都不如。

到监狱服刑时，我的故事也在监狱里传开了，狱友们都笑我是傻子，说我如果不找钱就跑掉了，哪会进来呢。傻子就这样成了我的外号，有时候我也疑惑，我这样做是不是真的很傻，光头和老二他们跑了不就跑了吗，警察追捕了几天也就算了，就我倒霉。

漫长的五年终于熬过去了，走出监狱的大门，真有重见天日的感觉。父母亲一起来接的我，快到家时，我的心又忐忑不安起来，我家住在学校里，邻居全都很熟悉，他们会怎么看我呢，会不会瞧不起我。回家后我一直不敢出门，没想到大家主动来我家看我鼓励我，他们根本没把我当成坏人，都说我是年少无知交错了朋友。渐渐地我明白了，大家不把我当坏人是因为我找了人家四十块钱，连公诉人都说我本质不坏。

于是，我很想去向那位检察官当面说声谢谢，谢谢他说我不坏，谢谢他让我少坐五年牢。我偷偷去了检察院，找到了当年那位公诉人，他竟然还记得我，他说："我怎么会不记得呢，虽然不是大案子，但给我的印象太深了。"当我表达了我的谢意之后，他笑笑说："你不要谢我，你应该谢谢你的父亲。"

我一愣，"为什么要谢他？他都不帮我，还害我。"

检察官摇了摇头，"你错了，他没有害你，他爱你，他也帮了你，你知道吗？我就是被你父亲感动了才为你争取从轻处罚的。他主动找到我，证明你满了十八岁，说你错了，就应该为自己的错误受处罚，然后，他又说了你找钱的事，说你本质还是善良天真的，希望我们考虑到这一点，给你改过的机会，不要让你太绝望从而破罐子破摔。"检察官和我谈了很久，我这才知道，原来父亲是那么爱我，他所做的一切都是为了我好。

从检察院出来后，经过法院门口，我看见一张新贴的通告，光头和老二因为抢劫致人死亡要被枪毙了。我不知道是该难过还是该高兴。

# 一台超值的彩电

为了响应国家重视素质教育的号召，我们全市高中要停课一周，让学生进行社会实践，活动自选。

我和博士、颜妍准备一起行动。去哪里实践才好玩呢？我正冥思苦想着，忽听博士一惊一乍地叫起来，“天哪！这是真的吗？”我和颜妍好奇地探过脑袋，齐声问：“什么呀？”

博士把一张报纸举到我们面前。

晕！现在还有这种地方？全校的学生都没看过电视，全村没有一台电视机，这是怎样的穷啊！而这个穷地方居然就在本地区所辖的范围内。

有了，我们就去这里实践吧。别看我平时一副坏孩子的样子，其实是个很有爱心的人。我决定要说服我老爸老妈，送一台彩电给那所小学，反正我家里有两台。

颜妍心细，她说，那是个很偏的地方，电视信号肯定很弱，收不到什么台，她决定说服她老爸老妈，把她家的 VCD 捐献出来，反正家里有电脑，VCD 已很少用了。

博士说，那他就捐一些卡通片和儿歌的光盘。

就这么说定了，各自回家当说客，全部成功。我们高兴得眉飞色舞，一来，奉献爱心是件让自己愉快的事，二来，我们社会实践的作业可以交得漂亮一点儿了，这可是要记入学生档案的。

社会实践周在我们眼巴巴地盼望中来临了，这天凌晨五点半，我和博士、颜妍就带着我们“沉重”的爱心出发了，一路上真是辛苦啊，电视机太大，只能放在车顶上，转了三次车，搬上搬下真难啊。最麻烦的是，第四次下车后，没车可坐了，离那所小学所在的赵湾村还有二十多里路，不通车，我们三个傻眼了，怎么就没想到这一点呢？

我们像困兽一样呆在那里，进退不得，最后还是一位过路的老大爷帮了我们。他听说了我们此行的目的之后，为我们找来了一辆马车，所谓的马车，就是一匹马，身后绑着一个板车。

颠簸了大约两个小时，终于到了赵湾小学，我们受到热烈的欢迎，那些孩子们，看着我们带去的礼物，可高兴了。

博士拿出一个光盘，想给孩子们放卡通片。

小学很小，才几十个学生，两个老师。两个老师望着我们，一副欲言又止的样子。

颜妍拉了拉博士，轻声问身边的那个女老师，“是不是现在不能放？”女老师点点头，轻声说：“嗯，不能放。”

颜妍笑着求情，“反正快放学了，就让孩子们看看嘛。”

这时，那个年轻的男老师红着脸问：“你们没收到我的回信吗？”由于学校没有电话，我们曾写过一封信来。

颜妍说：“没有啊，反正我们已经来了，没收到就没收到吧，有什么事，你现在当面跟我们说不是更好吗？”

年轻的男老师说：“那封信主要是说，你们的好意我们心领了，但千万不要送电视机来，因为我们这里没有电，是个不通电的地方。”

我们没晕倒，不过都无力地坐在了破凳子上。

晚上，我们与两个老师进行了一次长谈，得知这里辍学情况很严重，特别是女孩子。

电的问题我们没有能力解决，辍学问题也许还能帮上一点儿忙吧。第二天，我们在老师的带领下，去了那些辍学儿童的家，试图说服那些家长把孩子重新送进学校，学费问题我们会尽力想办法解决。

可是，我们一个人也没说服，他们固执地认为读书没用，能认识几个字就行了，孩子不读书，不但可以省钱，还可以帮家里干活。

我们垂头丧气地回了家，但心里仍惦记着那个没有电的地方，那个被光明遗忘的角落。

怎样才能让他们用上电呢?

颜妍提议，我们向社会求助。

博士说，太难，而且，就算那里通了电，估计村民们也用不起，那个乡太偏远，电损大，听说电价很高，一度电要两三块钱。

颜妍开玩笑地对我说："叶临风，你这个物理小天才干脆为他们建个小型发电站吧，风啊，水啊，不都可以用来发电吗？"

我眼睛一亮，说："这个主意不错，对，自己来发电。"

博士摸着我的额头说："叶大侠！你没发烧吧？"

我推开他的手，"你才发烧呢，整天就知道看书，学习是为什么，学了知识不就是为了用吗，我们已经学过交流电那一章了，为什么不能自己发电？"

颜妍吃惊地看着我，"叶临风，你还真想为他们建个发电站哪？那不现实吧。"

我说："建发电站那是不太现实，但我们可以为那一台电视机发电哪。"

博士也来了兴趣，“快说，快说，你有什么好主意？”

我兴奋地说：“我们不是学过吗，当矩形线圈在匀强磁场中匀速转动时，转动的线圈中可产生交流电。我们就利用这个原理来做个简易的发电机。”

颜妍和博士都说我的主意不错。

可是说起来容易做起来难哪！线圈和磁铁可以买，但动力的问题怎么解决呢？我们想了很久，开始设计的是手摇式的，电是发出来了，但是太累人，我们的胳膊摇酸了，肚子也摇饿了，于是出去买东西吃。骑在自行车上，我突然来了灵感，何不改为脚踏式的呢？就用自行车来改装。有了好主意，顿时觉得肚子也不饿了，立即返回接着干。又费了一番脑筋，我们的实验终于成功。这一改，果然轻松多了，也有了实用的价值。

当我们把这个自己制作的发电机送到赵湾小学，不少村民赶来观看。当电视上出现清晰的图像，小学校里响起一片欢呼声。到了晚上，更是热闹。

看着村民们那一张张兴奋的脸，感受着周围节日般的气氛，我们的心里像打翻了五味瓶，不知是什么味道。在城里，电视机早就普及了，随着娱乐方式的增多，或是工作压力的加重，现在，不少家庭的电视机已被打入冷宫，很少去看。可在这个小村子里，一台电视机却能给这么多人带来欢乐，快乐原来是如此的简单。

社会实践周结束了，但我们没有把这件事当成作业交上去赚分数，也没有告诉其他同学，只想让它在心里永远地珍藏。

没想到，半个月之后，赵湾小学写了一封感谢信寄到我们学校。

周末的班会课，班主任把这封信拿来了，让全班同学猜一猜感谢信的内容，主要是因为什么感谢。

我们三个人的“光荣事迹”已经在全校传开了，所以大家根本不用猜也知道答案，肯定是感谢我们送去了一台电视机。班主任摇摇头说，不完全对，再想一想。

那是为什么呢，连我们三个也好奇起来。见大家实在猜不出来，班主任说：“还是让我来告诉你们吧，自从赵湾小学每天晚上放电视后，村里所有辍学的孩子都陆陆续续回到了学校，而且全是家长主动送去的，这是那两个老师万万没有想到的，激动之余，就写了这封感谢信来。”

大家都被震动了，没想到一台普普通通的电视会起到这么大的作用，于是七嘴八舌地感叹起来。

让同学们畅所欲言了一番之后，班主任示意我们安静，说：“现在我来把这封信念一下，我希望大家听了之后，会有所启发有所思考。”

班主任念完信之后，教室里一片安静，也许同学们和我一样，真的是在思考吧，因为信的末尾说，改变那些家长的不是那台电视机，而是那个自行车发电机，是那个简易的发电机吸引了他们，激起了他们对知识的渴望和尊重。

# 不一样的结婚证

晓蝶的父母一直在国外，她是在国内跟着爷爷奶奶长大的，开始是父母没条件接她去，后来是她自己不想去。一转眼就二十岁了，由于没上大学，总是找不到好工作。经不住父母的一劝再劝，晓蝶终于决定去国外混个文凭回来。

晓蝶的英语特差，为了提高自己的英语，晓蝶报了一个语言学习班，每天晚上上课。

教晓蝶那个班的外教是个爱尔兰小伙子，名叫布恩，他的眼睛像海水一样蓝，个子像白杨一样挺拔，长得不算帅，但很有气质，女生们都很喜欢他。

布恩喜欢中国文化，喜欢中国女孩，他公开表示，要娶一位中国姑娘为妻。本来喜欢布恩的女孩就很多，这个消息传出后，对布恩想入非非的女孩就更多了。

晓蝶也是喜欢布恩的，可她觉得自己没戏。因为她知道自己长得不算漂亮，学历也不高，又没什么一技之长，拿什么吸引人家呢？

世间的事往往就是这么奇怪，爱情总是在不经意的时候来临。有个周末，学习班十来个同学聚会，自己做饭吃。布恩也被邀请参加了。打扮得花枝招展的美女们都围着布恩聊天，只有晓蝶一个人在厨房里忙碌。

就是这一顿饭，让布恩对晓蝶刮目相看，他说，他从来没吃过这么好吃的菜，他说，晓蝶的水平完全可以开餐馆。那天饭后，他和晓蝶说了很多的话，当然，都是用中文说的。布恩的中文很好，晓蝶的英文还是很糟。

从这以后，晓蝶和布恩的关系一下子近了。很快，他们相爱了。在又一顿美味的晚饭之后，布恩拥着晓蝶说："亲爱的，真想一辈子吃你做的饭。"

晓蝶笑，故意说："我知道，你是喜欢我做的饭，并不是真的喜欢我这个人。"

布恩急了，说："不是的。我这是用你们中国委婉的方式向你求婚啊。我发誓，我喜欢你做的饭，更喜欢你的人。"

晓蝶被逗乐了，答应了布恩的求婚。布恩很开心，立即打电话告诉了他的家人，并且开始办理晓蝶的居住手续。

第二年，布恩带着晓蝶回了爱尔兰。

到了爱尔兰晓蝶才知道，这个国家信奉天主教，一旦结婚就不准离婚，所以很多年轻人不愿登记结婚。晓蝶很担心布恩也不愿结婚，没想到安定下来后，布恩就和她去办理结婚手续了。

由于布恩平时仍然和晓蝶说汉语，所以晓蝶的英语仍然不好，别的外语更糟，办什么事情她总是习惯依赖布恩。

登记结婚也一样，晓蝶什么都不用操心，她只要跟着布恩去就行了。领证前，布恩拉着她的手，温柔地望着她，问道："你愿意和我白头偕老吗？"

晓蝶幸福地微笑，说："我愿意！"

然后布恩就交了钱，拿到了结婚证书。

结婚后，晓蝶开了家中餐馆，生意一开始就不错，后来越来越好，晓蝶一个人做菜忙不过来，她就请了个厨师，名叫凌云。凌云也只有二十多岁，来自中国，结婚也不久，丈夫也是本地人。

女人在一起，话题总离不开爱情和男人。何况晓蝶和凌云是身在异乡的同胞，感觉上更近了一层，所以常常闲聊一些家庭生活。

有天休息，餐馆没开门，凌云邀晓蝶去家里玩。

在凌云摆放装饰品的柜子上，晓蝶看见一本厚厚的装饰精美的书。书不放在书柜，却放在这里，想必是本与众不同的书。晓蝶好奇，随手拿了起来，打开一看，不由愣住了。这不是什么书，而是结婚证，凌云的结婚证。

真是太奇怪了，同样是这里办的结婚证，为什么和自己的不一样？晓蝶的结婚证只是一张薄薄的纸。

晓蝶随便翻了一下，虽然不能完全看懂，但也能懂一部分，她发现这本结婚证上详细地规定了夫妻双方的权利义务，以及不履行或不完全履行义务所应承担的责任，内容非常详细，小到洗碗，大到生孩子。

晓蝶疑惑地问凌云："你的结婚证怎么这么厚？"

凌云有些抱怨地说："结婚收费那么贵，结婚证不弄得讲究一点儿，对得起我们结婚的人吗？"

晓蝶心里一愣，结婚不贵啊，她和布恩登记结婚花的钱，折合成人民币也就几块钱，比在中国结婚还便宜，所以她不由问道："你们登记结婚花了多少钱？"

凌云说："按人民币算两万多。"

两万多！晓蝶心里犯起了嘀咕，她特意看了看发证机关，和自己的是相同的。日期也和自己的在同一个月。同一个地方同一时期的结婚证不可能差别这么大，两种结婚证肯定有一种是假的。凌云的结婚证这么精致，一看就是货真价实的东西，而自己的结婚证就那么一张简单的纸，太好伪造了。看来，自己的那张结婚证是假的，由于他们这里禁止离婚，布恩大概根本不想真正地结婚，所以就设计好了假结婚证用来骗自己，难怪那天和他一起去领证那么简单，都怪自己当时幸福得昏了头，一切细节都没有在意。

晓蝶越想越伤心，自己在这里人生地不熟，布恩肯定认为自己好糊弄，所以懒得按真正的结婚证去伪造，用个纸片就糊弄她了。

大概发现晓蝶脸色反常，凌云问道："你们的结婚证不是这样的吗？你们不是在这里结婚的吗？"

晓蝶回过神来，掩饰道："哦，不是，我们是在中国结的婚。"

晓蝶没有心情再玩了，她找了个借口，回到了家。她拿出自己的结婚证，看着这张粉红的纸片，心里无论如何也静不下来。喝了杯茶后，她决定去查问一下。

她坐车来到市政局机关办公大厅，在办理结婚手续的地方，她犹豫了一会儿，还是没勇气上前去问。后来她就躲在一边看，恰巧来了两对新人办手续。晓蝶注意到，他们领到的结婚证都和凌云的一样，像字典那么厚，装饰精美。

晓蝶默默地流下了眼泪，她不知道自己是怎么回到家的。她最不能容忍的就是被欺骗，如果布恩不愿结婚只肯同居她还能接受，但用假结婚证来骗她，她真是受不了。她一气之下开始收拾东西，等布恩回来时，她的行李已经收拾好了。

布恩惊讶地看着晓蝶，"你这是做什么？"

晓蝶恨恨地望着眼前这个自己深深爱过的男人，厌恶地说："你这个骗子！"她拿起薄薄的结婚证，一撕两半，扔在布恩的面前，然后拖起自己的行李箱，转身离去。她走得很快，她不愿意让布恩看见她的眼泪。

布恩没有追她，这让她的心更凉。在酒店住了几天后，她回了中国。

回国后，晓蝶就换了手机号，她没有回爷爷奶奶家，而是在一个小招待所住了下来。她不愿意和任何熟人联系，她怕别人问她的婚姻。她只想一个人好好地养伤。

由于身上的钱不多，为了生活，晓蝶急于找工作，她在一个大酒店做了服务员。虽然工资不高，但可以包吃包住，这正是晓蝶需要的。

工作之余，晓蝶极少出门，她不想遇到熟人。也许是怕什么来什么，越是不想遇到熟人，熟人却自己送上门来。

有天，她正在吧台值班，一张熟悉的脸出现在面前，竟然是凌云。凌云刚回国，准备住这家酒店。

晓蝶觉得异常尴尬，她多不希望让凌云看见自己落魄的样子。可自己又无法躲避，她只得硬着头皮，面带职业的微笑，说："您好！欢迎光临！"

凌云看着晓蝶也愣住，问道："你怎么会在这里？"

晓蝶说："对不起，工作时间，我不能谈私事。"

凌云看了看她，没有再问什么，拿出证件，办了入住手续。

到了交班时间，接班的人刚到，凌云也来了，她问晓蝶："你现在下班了吧？你可以去我的房间聊聊吗？"

晓蝶无法再拒绝，她跟着凌云去了客房。凌云开口就叹道："你也是被骗了吧，外国男人就是靠不住。我这次回来，再也不去那里了。"

晓蝶不解地问："你离婚了吗？那里不是禁止离婚吗？"

凌云笑起来，不过笑得有点儿心酸，她说，她没离婚，不过，婚姻很快会到期的，根本不用离婚。

晓蝶还是不明白什么意思。

凌云解释说，最近她才知道，爱尔兰虽然禁止离婚，但实行的是期限婚姻，男女双方要结婚时，可以协商决定婚姻关系的期限。从一年到一百年，在登记备案后生效，期限届满，婚姻关系即终止。结婚的期限越长，费用越低，期限越短，费用越高。由于她外语不好，所以领结婚证时也没注意那么多，上个月她才知道，她先生选的结婚年限是一年，她很生气。然后她还打听到，她先生结过好几次婚，每次都是一年。她彻底失望，就弄了一笔钱，回来了。

讲完自己的事情后，凌云问晓蝶："你不是在国内结婚的吗？怎么也被骗了？"

晓蝶的心已经有些乱了，她再也顾不得什么面子了，向凌云说了实话："上次我骗了你，其实我也是在爱尔兰登记的，我们的结婚证只是薄薄的一张纸，只花了几块钱，我看了你的结婚证，以为我那结婚证是假的。"

凌云很吃惊，当她知道晓蝶就是为了这个赌气回国，不由埋怨道："你这个笨蛋，你误会布恩了，你们的结婚证是真的，最长的期限一百年的结婚证就是那样的。布恩肯定是非常爱你，才会选择一百年。"

晓蝶不由想起登记前一刻，布恩问她："你愿意和我白头偕老吗？"晓蝶再也坐不住了，她跑到客房外，跑到走廊的尽头，在无人的角落里，拨通了布恩的电话。布恩的声音又生气又着急，他不解地问："我到底哪里欺骗了你？"

晓蝶说："对不起！"她把误会的经过详细地说了，最后弱弱地问："你能原谅我吗？"

布恩宽厚地笑了，说："你真是个小傻瓜！以后有什么问题一定要说出来，不要闷在心里。你知道吗？当时见你撕了结婚证，我太伤心了，不明白你为什么要这样，我当时都傻了。后来我四处找过你，就是找不到，我真害怕这辈子再也见不到你。幸好我们的误会现在弄清了，真好，我好想马上见到你。你在哪里？我去接你。”

回到爱尔兰后，晓蝶把那张撕破的结婚证小心地粘好了，用镜框装起来，这上面，没有写什么责任和义务，只有一段话：“我不知道我的左手对右手、右腿对左腿、左眼对右眼、右脑对左脑究竟应该享有怎样的权利，究竟应该承担怎样的义务。其实他们本就是一个整体，因彼此的存在而存在，因彼此的快乐而快乐。”

晓蝶觉得，这是世上最美的结婚证。后来，爱尔兰的法律作了修改，可以离婚，但晓蝶和布恩一直都不需要这条法律。虽然他们也常有些小小的争吵，但他们始终像左手和右手一样相守相爱。

# 残酷的真相

晓笛是晚报记者，一个秋天的下午，她正在办公室写稿，门卫带进来一个女孩。女孩长得很瘦弱，好像一阵风就能把她刮跑。她摊开手中的晚报，指着晓笛负责的《心有千千结》栏目，双手不停地比划，嘴里咿咿呀呀地想说什么，原来她是个哑巴。

一般来说，十聋九哑，很多哑巴是因为听不见才不会说话，所以晓笛试探地问："你能听见我说话吗？"女孩使劲地点点头。

晓笛问："那你会写字吗？"女孩摇摇头。

晓笛犯难了，心想，你不会写字，我又不懂你的手语，我们怎么沟通呢？她正在为难，就见女孩拿出一张照片、一支铅笔、一叠白纸。照片是女孩和一个年轻男子的合影，很亲密，一看就是一对恋人。女孩在纸上写下了两人的名字，她自己叫春桃，男的叫金贵。字写得四分五裂，像鸡爪子扒的一样。她只会写这么几个字，然后她就画画，虽然画得不好看，但能表达一些意思。

图画加上手势，费了老半天时间，晓笛总算明白了一个大概：春桃家在农村，她自小就不会说话，两年前，在政府的照顾下，她进了本市的一家福利工厂，在厂里她认识了金贵，金贵也是哑巴，他们相爱了。今年他们准备回金贵的老家结婚，金贵家也在农村，但和春桃不是一个县。一个月前，金贵一个人带着两个人辛苦存下的钱先回去准备新房，他说好了过半个月就来接春桃，可一个月过去了金贵也没来。从金贵回老家的第七天开始，她就每天晚上做同一个噩梦，梦见一个左脸上有胎记的人要杀她，她打110报警，拨通电话后她才想到自己不会说话，她很着急很着急，每次都是这样从噩梦中惊醒。

晓笛把自己理解的意思完整地讲了一遍给春桃听，春桃直点头。晓笛刚讲完，同事带着一个警察进来了。

警察严肃地问："你们刚才打110了吗？"

晓笛说："没有啊。"

警察走到电话机前，翻了一下去电显示，让晓笛惊讶的是，十分钟前，这部电话真的拨打过110。

警察指着显示屏说："这不是打了吗？"

晓笛也糊涂了，茫然地说："两个小时之内我没有离开这里，这部电话一直都在我的眼皮底下，真的没有人打110，除了我接过两次电话，根本没人碰这个电话机。"

警察皱着眉头说："我们连着收到三次电话，无论怎么问，都没人回答，我们担心报案人的人身安全，所以就根据电话号码找来了，我可不希望是有人恶作剧。"

晓笛有些生气了，"你觉得我是无聊打110玩的人吗？"

警察也不高兴，"我相信你不是那么无聊的人，可你的电话显示的确在刚才打过110。没事就好，我忙得很，我走了。"

警察走后，晓笛还在想，究竟是谁打了110，会不会是自己看画没注意时春桃打的？于是她问春桃，春桃直摇头。

晓笛觉得这事很蹊跷，怎么想都想不明白，索性不想了，问春桃来找她想得到什么样的帮助。春桃又是"比比画画"老半天，才把自己的意思表达出来，她想晓笛陪她去找金贵，因为她的朋友都是残疾人，出门都不方便，没有人可以帮她。

晓笛很为难，说自己工作很忙，抽不出时间去那么远的地方。

春桃一下子跪倒在晓笛面前，并拿出一小叠钱，表示费用全部由自己出。

晓笛心软了，再说，她觉得这件事很奇特，甚至有些诡异，值得去探查一下，于是她去请示领导。领导也起了恻隐之心，同意晓笛去，并且费用报销。他说："就当报社派你去采访吧，说不定能挖出一个感人的故事呢。"

第二天晓笛就和春桃出发了，春桃从没去过金贵家，只是有一个地址。她们按照地址，从市里先坐车到县城，再从县城转车到镇里，晚上在小镇上住了一夜。第三天先坐农巴，后坐三轮，最后又走了一个多小时，到中午一点终于找到了金贵的家。

金贵家有六个人在家，金贵的父母、两个弟弟和两个妹妹，他们见到晓笛和春桃这两个不速之客非常吃惊。

晓笛问金贵去哪了。金贵父亲说，金贵只在家住了几天就回厂去了。

晓笛说："可是厂里没有见到金贵，他会去哪里呢？"

金贵父亲这才有点儿紧张，他抽着劣质香烟，边咳边说："俺也没出过门，不知道他会去哪里，兴许过阵子他自己又回来了，前几年他离开家也没和家里打招呼，俺们都以为他不在人世了，哪知他不但活着，还找到了工作。所以俺想不用担心他，他会有活路的。"

正说着话，有个男人来串门，他刚和金贵的父母打过招呼，春桃就惊恐地尖叫起来，她不会说话，但能发出几种简单的声音。

春桃指着进来的那个男人，激动地比划着。晓笛不明白春桃的手势，但当她看见那个男人左脸上有胎记马上明白了，这个男人就是在春桃的梦里要杀春桃的人。

晓笛把春桃拉到一边，在她耳边小声问："你是不是总梦见这个男人要杀你？"

春桃狠狠地点头。

晓笛问："那你认识他吗？你以前有没有见过他？"

春桃茫然地摇头。

这就奇怪了，春桃为什么会梦见一个从未见过的人呢？而且总是梦见这个人要杀自己！晓笛满怀疑惑地来到那个男人面前，先说了几句客套话，然后问他以前有没有见过春桃。那人肯定地说没有。

晓笛又和那人聊了几句，得知他是金贵家的邻居，叫孙满堂。

山村和城市不同，几十年的老邻居，彼此有什么亲戚都知道。孙满堂是见金贵家来了陌生人所以好奇来看看。看了一会儿大概觉得也没什么好看的就准备回家。他转身刚走到门口，春桃不知从哪里捡了个砖头，一砖头就砸过来，虽然没砸中，但也把孙满堂吓坏了。

金贵的父亲也吓了一跳，忙向孙满堂道歉。把孙满堂送走后，他很不高兴地对晓笛说："金贵上次回来可没说他有对象。"他认为春桃精神有问题，要晓笛和春桃马上走，不要给他们家添麻烦。

晓笛见金贵的父母误会了，怕他们不肯要春桃做儿媳，连忙解释说："你们放心，春桃的精神很正常，她打刚才那个人是有原因的，因为她老是做噩梦，梦见那个人要杀她。"

晓笛正解释着，春桃又咿咿呀呀地叫起来。晓笛回头一看，就见春桃正围着猪圈边一棵苦楝树转圈子，情绪激动。这棵苦楝树在金孙两家房屋之间。

晓笛和金贵的父母疑惑地走过去，春桃流着眼泪，双手不停地比划，可晓笛不明白她的意思。春桃急了，捡了个小树枝在地上画了起来。看着她的画，晓笛终于明白过来，春桃的意思是，她梦见过这棵树，还梦见树边有口井，一个左脸有胎记的男人想把她推进井里淹死。

晓笛试探着问金贵的父亲："这树边以前是不是有口井？"

金贵的父亲一愣，反问道："你怎么知道？"

晓笛若有所思地说："是春桃做梦梦到的，这么说这里以前真有一口井，为什么填了呢？"

金贵的父亲指着猪圈说："井是满堂家的，上个月他家盖猪圈，就把这口井填了。"

晓笛对春桃的梦越来越信了，她觉得那个孙满堂看春桃的眼神确实古怪，所以决定住下来探个究竟。但金贵父母不肯让她们留宿，她们只好拿钱在一个村民家住。

睡到半夜的时候，晓笛突然感到呼吸困难，她"啊"地叫了一声惊醒过来，发现一双手正掐着自己的脖子。晓笛本能地挣扎，大叫救命，黑影松了手，跑了。晓笛摸索了半天才把灯打开，就见床上很乱，春桃不见了，但她的外衣和鞋子还在，她的枕头上有少量新鲜的血迹。

晓笛顿时蒙了，看来春桃凶多吉少。她立即喊醒了这户人家的主人。主人又喊醒了村里的一些人，大家一起帮着找，找到天亮也没找到春桃的影子。晓笛只好打电话报警了。

镇派出所的人是上午十点赶到的，为首的警察名叫陶刚，二十多岁。他听晓笛讲了事情的经过后，也怀疑是孙满堂在害她们。但是，春桃的梦总不能作为证据，所以不好对孙满堂采取什么行动。

晓笛想了想说："昨天在苦楝树边找井时春桃很激动，当她得知井被填了之后比划着告诉我，她怀疑金贵是被孙满堂埋在井里了。孙满堂为什么突然填井，这里面肯定有问题，我觉得我们应该把井挖开看看。”

陶刚找村里人打听了一下，孙满堂是在10号填的井，9号还有人见过金贵，后来再也没人见过金贵了，看来这事确实蹊跷。陶刚和另几个警察商量了一下，一致同意挖井。

他们来到孙家，孙满堂知道警察在调查金贵和春桃失踪的事，他显得很紧张，大叫冤枉。陶刚当然不会听他的。在村民们的帮助下，花了几个小时井里的土全挖出来了，可是，井里没有尸体，也没什么可疑的东西。

这下孙满堂理直气壮了，要警察立即再把猪圈修好。陶刚说，天快黑了他们要回去，以后再修。这时，春桃不知从哪里钻了出来，她哭着，尖叫着，指着孙满堂愤怒地比划着。

晓笛已经能懂一些春桃的手语了，就向陶刚翻译，春桃的意思是，屋后的山中有一个深水塘，孙满堂把她推进了水塘里，想杀了她。

孙满堂脸色苍白，惊恐地对陶刚说："她胡说，她脑子有毛病，俺没杀她。"

春桃比划着，让大家都跟着她，进了山，果然有一个水塘，水塘边有棵大樟树。春桃比划着"说"，孙满堂就是在樟树前把她推进水里的。

孙满堂盯着春桃的手，脸色越来越苍白，突然他跪倒在春桃的面前，哭着说："金贵，俺不是人，你就安息吧。"

孙满堂终于交代，是他杀了金贵，在井边杀的，尸体沉进了这个水塘里，但他真的没有要杀春桃。

春桃泪流满面，她又比又画地告诉晓笛，孙满堂确实没有杀她，她这么做是为了金贵。她让晓笛告诉大家，金贵小时候，孙满堂把金贵骗到塘边来玩，在樟树前把金贵推进了塘里，想杀了金贵。还好金贵聪明，想办法爬了上来。回家以后，他把这件事告诉父母，可父母不懂他的意思。他就经常找孙家的麻烦，破坏孙家的东西。此后几年，孙满堂多次想杀他，都没有成功。可气的是，父母不知道孙满堂所做的事，和孙家的关系一直很好，反而骂金贵不懂事。十八岁的时候，金贵一生气离开了家。和春桃谈恋爱后，金贵把事情告诉了春桃。春桃能完全懂他的手语，春桃教他，他父母不懂就用画来让他们明白。两个人一起练了很久，怎么用画画来表达自己的意思。今年两人准备结婚，金贵带着钱先回家，想把往事告诉父母，让父母认清孙满堂的为人，然后他们安心地结婚。金贵走了几天后，春桃就每晚做噩梦，到了说好的日子金贵没有回来接她，她就预感到出事了。可是她没有证据，报警没有用，所以她向晓笛求助。到这里之后，她更加怀疑是孙满堂杀害了金贵。为了引来警察查案，她假扮凶手要杀害晓笛，并且伪造了自己已经受害的假象。警察挖开井后没有发现什么，眼见警察要走，她急了，这才钻出来，想诬告孙满堂把她推进水塘谋杀她。没想到到了这里孙满堂突然承认杀了金贵。

孙满堂听了晓笛的翻译，万分后悔，但想改口已经来不及了，他只得坦白，因为他从没杀春桃，春桃却坚持“说”他杀了，而春桃比划的手势和金贵一模一样，所以他以为春桃是让金贵的鬼魂附了身，一害怕就说了实话。

陶刚不解地问：“你到底为什么要杀金贵？他小时候你就要杀他，一个又聋又哑的孩子和你有什么冤仇？”

孙满堂长叹一声，低下了头，老半天才说，他和金贵无冤无仇，是帮金贵父母杀金贵。

他这话一说出口，在场的人全都叫起来，表示不信。

孙满堂解释说，他曾有个傻儿子，是家里的累赘，金贵的父母把又聋又哑的金贵也当成累赘，他们都不想要累赘一样的孩子，但自己的骨肉又不忍心自己动手，于是他们说好，互相把对方的孩子推到塘里去，就说是失足落水。没想到从没学过游泳的金贵竟然没有淹死。后来，他几次想把金贵推到井里去也没有成功。金贵总是闹让他们很害怕。后来金贵离家出走了他们才放心。这次金贵突然回来，还画出了当年被害的经过，这让孙金两家都很害怕。金贵父母假装看不懂画，金贵就总是站在井边比划，两家人一商量，干脆把井填掉。金贵见他填井，愤怒地尖叫，他感到金贵不会善罢甘休，所以就用铁锹砸死了金贵。

春桃听到这里，终于忍不住尖叫起来，对着孙满堂又踢又打，大家都没有拉她，孙满堂也没有躲闪。

想到春桃对金贵的感情，晓笛也忍不住掉泪，她不知道那些噩梦是春桃编的，还是真做了那样的噩梦，是不是相爱的人在关键时刻真的有心灵感应？

作为一名记者，她算是见多识广，可从没见过这么残酷的真相，虎毒还不食子，为什么就有人容不下自己有缺陷的孩子？随后在村里调查，晓笛心里更不是滋味，这个偏远的小山村每家都有好几个孩子，而且重男轻女，有的女婴生下来就被弄死丢掉了。在这个贫穷落后的地方，不是所有的孩子都是宝贝。

# 会晒老鼠干的猫

夏一跳大学毕业后应聘到本地电视台当记者，试用期三个月。和他一起试用的有十名记者，但电视台这次只招三个人。也就是说，试用期结束后，将有七个人走路。能否留下来成为正式员工，就要看大家在这三个月里的成绩了。

眼看两个多月过去了，夏一跳还没采写到一条好新闻，所以他很着急，不管上班还是下班，走到哪都带着摄像机，想随时拍到新闻。这天傍晚，他刚回到家，他妈妈叫他去买两串羊肉串，还特别交代说："去老街路口买，要买生的。"

夏一跳觉得很奇怪，"买生的？生的回来怎么烤？"

他妈妈笑着说："我是买给猫吃的。"

夏一跳知道自己家的猫很挑食，他怀疑地问，"小猫吃羊肉串吗？"他妈妈说吃，因为有次带猫散步经过那里，猫偷了一串，吃得很香。

老街离夏一跳家不远，一条很窄的巷子，破旧杂乱。夏一跳没到巷口，就闻到烤肉的香味，真香啊！香得让人咽口水。卖羊肉串的是个中年女人，她热情地招呼夏一跳，问他要几串。夏一跳要了两串生的，然后又忍不住要了十串熟的。拿着烤好的羊肉串，夏一跳正准备往回走，没想到碰到了他们采编部主任，于是他分给了主任五串。

他和主任边吃边聊，刚把羊肉串吃完，一个年轻女孩从他们身边走过，手里拿着两串生的羊肉串。她看着夏一跳手里的生羊肉串，随口问道：“你也是买给猫吃的吗？”

夏一跳说：“是啊，你怎么知道。”

女孩笑了，说：“我也是买给猫吃的。”

夏一跳也笑了，说：“现在的猫怎么了，怎么都爱吃羊肉串？”

女孩放低了声音，神秘地说：“你不知道吗？听说这家卖的羊肉串根本不是羊肉做的，而是老鼠肉。”

夏一跳不相信。女孩说是真的，有一次她找她的猫，无意中发现了卖羊肉串的家，卖羊肉串的正在剥老鼠。

虽然不知是真是假，但夏一跳想到自己刚吃的可能是老鼠肉，就觉得恶心，差点儿吐出来。他本想回去质问卖羊肉串的，随即一想，这是一条不错的新闻，不能打草惊蛇，应该去偷拍。他把自己的想法一说，主任很支持他，还说陪他一起去。

夏一跳刚好随身带着偷拍摄像机，他打了个电话回家，说有事不回去了，然后他就和主任一起守着，一直等到卖羊肉串的收摊回家，他们偷偷地跟在后面。

卖羊肉串的住在老街深处一栋带院子的平房里。平房后是一个工厂高高的围墙。夏一跳他们绕到平房后，通过窗子，可以看到房间里的情况。

在一个房间里，果然堆着一堆死老鼠，一个中年男人正在给老鼠剥皮。夏一跳又兴奋又恶心，他把死老鼠加工成“羊肉串”的过程全拍了下来，然后，他们就向工商所举报了。

第二天，工商会同卫生部门，一起上门查封，夏一跳作为记者，也一同去了。可是，等他们到那所平房时，已经人去屋空了。房东说，他也不知道那夫妻俩是哪里人，甚至连他们的名字都不知道。

新闻播出后，在当地引起了很大的反应，一时之间，人们都不敢吃羊肉串了。有关部门为此暗中检查了全市卖羊肉串的，还好，都是真正的羊肉。

拍到一条有轰动效应的新闻，夏一跳自然很高兴。可是，那个卖羊肉串的没被抓住，他很不放心，那人如果换一个地方继续卖老鼠肉岂不是害人吗？

新闻播出几天后，电视台突然接到工商所电话，说那个做假羊肉串的男人去自首了，但他要那天偷拍的记者去，说他有件很奇特的事要说。

夏一跳自然很好奇，立即就和主任一起去了。

做假羊肉串的男人名叫巫刚，没等夏一跳问他，他倒先开口了，对大家说："现在猪肉涨价，羊肉也跟着涨，你们是不是以为老鼠肉不要钱，只要自己去抓就行了，可是你们想过没有，老鼠也不是那么好抓的啊！我为什么要用老鼠肉冒充羊肉呢？我哪来的那么多老鼠呢？"

这番话，让夏一跳不由对这个男人刮目相看，他饶有兴趣地问："是啊，你为什么要用老鼠肉冒充羊肉？你从哪里弄来那么多死老鼠？"

巫刚点着了一支烟，神秘地说："你们相信吗？我遇到一只会晒老鼠干的猫，这些老鼠是从猫那里偷来的。"

夏一跳笑了，主任笑了，工商所的人也笑了。

巫刚没笑，他露出害怕的表情，认真地说："真的，这事我越想越怕，所以才来找你们。"

大家不笑了，夏一跳说："你仔细说说，到底怎么回事。"

巫刚说，他的家在小巫山，是全地区最偏远的地方，那是一个很小的小山村，村里的青壮年大多出去打工了，有的连孩子也一起带出去了，所以村子里很冷清，但村里的老鼠还是蛮多的。前段时间他回家，见家里很多东西让老鼠咬坏了，所以他很生气。他正想着怎么消灭老鼠，一只大黑猫来到了他家，不一会儿就抓到一只大老鼠。

他想，何不把这只猫放在家里关几天，帮自己抓老鼠呢。于是他跟在猫后面，想把猫抓住。那晚月亮很亮，猫往后山跑去，他看得很清楚。他觉得有点儿奇怪，难道猫住在山上吗？猫叼着老鼠，跑一会儿就停下来玩一会儿老鼠，就这样跑跑停停往山顶上去。快到山顶时有一个山洞，山洞前有一块比较平坦的地方，东面是巨大的岩石。猫把老鼠放在了那块岩石上，然后转身钻进了山洞。当时他看见岩石上的老鼠时太吃惊了,所以忘了再去追猫。因为岩石上不止一只死老鼠，而是很多，一只一只的，好像人晒东西一样摆在那里，摆得那么均匀。当时他想，这只猫真聪明啊，大概是抓到的老鼠吃不完，所以想晒成老鼠干留着慢慢吃。现在羊肉那么贵，这些老鼠是猫咬死的，应该没毒，应该可以做成“羊肉串”卖，于是他把这些老鼠全弄回了家。

自从他偷了猫的老鼠后，他觉得自己很倒霉，居然被电视台曝光了。虽然自己跑掉，但跑掉之后，自己就整晚做噩梦，梦见自己变成了一只黑猫。所以他很害怕，只好来自首了。

大家听得半信半疑。巫刚说：“如果你们不相信，我可以带你们去找那只黑猫，我问过了，那只猫不是村里的，是只野猫，肯定就住在那块大石头附近。”

第二天，巫刚就带夏一跳他们去了他的老家。夏一跳等不到晚上，白天他们就去了山上。那块大石头上真的晒着一些老鼠，一只一只，摆得很均匀，一只黑猫在一边打盹，那个画面太神奇了，就像动画片里的镜头一样。

黑猫见有人来了，猛地站起来，飞快地跑进了山洞。

夏一跳等人跟着追进了山洞，进了洞之后，他们更惊讶了，洞里挂着一串串剥了皮剖了肚子的老鼠干。奇怪，猫再聪明，也不会聪明到这种程度吧，这肯定是人干的。他们好奇地向洞的深处走去，终于在一个石笋边发现了一堆杂草，杂草里趴着一个黑乎乎的东西。

大家不敢轻举妄动，夏一跳打着了打火机，仔细一看，竟然是一个老奶奶，双眼紧闭，身上盖着一些草，不知是睡着了还是死了。夏一跳问巫刚："你认识她吗？"

巫刚说："不认识！不是我们村的。"

夏一跳试探地喊了两声"奶奶"，老奶奶睁开了眼睛，突然呜呜地哭起来。

老奶奶显然是病了，一个生病的老奶奶怎么会住在山洞里呢？夏一跳问她家在哪里，她就是不说。问急了，她才说她没有家，没有亲人，四处流浪，猫是她捡来的，她病了以后，没法出去找吃的，是猫抓老鼠给她吃，她才没有饿死。

大家把老奶奶送进了医院。这时巫刚才说，其实，他从来就没有用老鼠肉冒充羊肉，他是想故意制造一个假新闻救那个老奶奶。

工商所不大相信，认为他是想逃避责任。巫刚着急地说："那真是我们全家故意演戏，告诉夏记者我们卖老鼠肉的女孩就是我的亲生女儿。我们知道他是电视台的记者，所以才让女儿去引他上钩。"

夏一跳去调查了一下，当初他在老街口碰到的那个女孩真是巫刚的女儿。大家这才相信了巫刚。为此夏一跳又为上次的事情作了后续报道，题目是《会晒老鼠干的猫》。报道中还说了，老奶奶的病要治好，需要十几万元。

节目播出后，又引起了轰动，这次大家没觉得老鼠肉恶心，都很同情老奶奶，大家为那只猫感动，也为巫刚一家人感动。当天晚上就有人打电话说要捐款。

第三天，夏一跳正在医院拍大家捐款的场面，突然，一个大男人哭着跑进来，趴到老奶奶的床上，哽咽地喊："妈！"老奶奶也哭起来。

捐款的人都愣了，夏一跳也愣了，老奶奶不是说自己没亲人吗，这男人怎么喊她妈呢？

男人擦了擦眼泪，转身对夏一跳说："谢谢你，太谢谢你了！"

"你是她什么人？"

"儿子。"

"亲儿子吗？"

"亲儿子。"

夏一跳愤怒了，一把抓住男人胸口的衣服，恨不得给他一拳，"你怎么当儿子的，竟然让自己的亲生母亲住山洞，吃老鼠肉。"

这时老奶奶哭得更凶了，大声说："你不要怪我儿子，我儿子很孝顺。"

大家都不乐意了，这样的儿子还孝顺？老奶奶哭着解释说，她儿子真的很孝顺，她得病后，把家里的钱都花光了，医生说还要十几万。儿子就准备把房子卖了给她治病。她不忍拖累儿子，所以就偷偷离开了家，到了一个偏远山区，找到一个山洞，准备就在那里等死，没想到会被救。

这时，那个男人说，他一直在找他妈，可是没找到，今天，他是听别人说在电视上看到他母亲了，他才找到这里来的。

来捐款的人商量了一下之后，大家决定还是捐钱，但不直接给老奶奶，要先放在电视台保管，等电视台查清真相，如果真是那样，再把钱给她。

主任亲自出马，和夏一跳一起去调查走访，结果证明老奶奶的儿子真是孝子，老奶奶这次说的都是真的。于是，电视台又作了一个后续报道，题目是《一个母亲的谎言》。

节目播出后，再一次引起轰动。在大家的帮助下，老奶奶治病的钱凑齐了，他的儿子不用卖房子了。事情得到圆满的解决，夏一跳也很开心。

同时，他也为自己采编到这样轰动的新闻感到开心。三篇报道，一环套一环，峰回路转，出人意料，又新奇又感人，作为电视人，要的就是这个效果。

因为这三篇报道，试用期结束后，夏一跳顺利地成了正式员工。转正的那天晚上，他在饭店订好了位子，想和家人庆祝一下，他觉得是巫刚给自己带来的好运，所以把巫刚一家也请去了。

巫刚酒量不大，几杯下肚已有些醉意。夏一跳还要敬他，说："谢谢你，要不是你，我可能就得不到这份工作，我一定要再敬你一杯。"

巫刚捂住了自己的酒杯说："你不用谢我，一开始我也是看在钱的分上才为你制造假新闻的。"

夏一跳不明白，"这和钱有什么关系？"

巫刚醉眼蒙眬地看着他，"你不知道吗？是你妈给我一万块钱，要我为你制造假新闻的。"

夏一跳呆住了，看着坐在对面的母亲，惊讶地问："妈，到底是怎么回事？"

母亲苦笑着说："我这么做也是无奈，现在工作这么难找，你们十个人竞争三个名额，不弄点儿特殊新闻，你怎么留得下来呢。

我知道你的驴脾气，如果我事先告诉你，你绝对不会同意的。”

夏一跳觉得自己好失败：“原来那三个引起轰动的新闻都是你们制造出来的！”

巫刚没有全醉，他急忙解释说：“不是的。你妈只是让我制造一个用老鼠肉冒充羊肉的新闻，城里很难抓到老鼠，我就回老家去抓，发现黑猫那段都是真的。故意让你偷拍到我们用老鼠肉做肉串后，我们立即离开了出租房，第二天躲回了老家。准备过段时间换个县城再卖羊肉串。回家后，我闲着没事就想到那只黑猫，觉得那只黑猫很奇怪，所以就上山去找，结果就发现了那个老奶奶。我觉得那个老奶奶很可怜，想帮她，就又回城里来了，后来就骗你们说我是为了救老奶奶故意制造假新闻。老奶奶有儿子我也没想到。那个新闻应该算是真的。虽然制造假新闻不对，可最终我们还是做了一件好事啊。你不要难过了。”

想到那个老奶奶为了儿子做的那些，想到自己母亲为自己做的这些，夏一跳端起酒杯敬母亲，一大杯白酒一饮而尽，管他呢，虽然新闻里掺了假，可这假新闻里的真情比什么都真。

# 还你一条命

高老板一回到家，老婆莫云就跟他嘀咕："咱们还是不该把贝贝埋了。"贝贝是他们家的爱犬，上个月让车撞死了，莫云不忍心随便丢掉，就在乡下买了块地把它埋了，还做了个漂亮的坟。

高老板疲惫地往沙发上一躺，闭着眼睛说："当初坚持要埋的是你，现在说不该埋的又是你，你做事总是没个定数。"

莫云嘴一撇，说："以前不是不知道吗，今天我才听说，原来猫和狗死了是不能埋的，更不能做坟，否则会成精的。"

高老板不屑地笑了一下，说："这种迷信的东西你也相信。"

莫云神秘兮兮地说："你还别不信，今天打牌时我听说，赵老板、孙经理他们都碰到幽灵了。"

高老板用鼻子哼了一下，没吱声。莫云见丈夫不信，就把听来的东西添油加醋地描述了一番。据说，那幽灵是个老太太，衣着表情十分古怪，手上还拿着个饼子。

高老板对这些根本不相信，但晚上却没睡好，老是做噩梦，被鬼追了一夜。早上起来，右眼皮老是跳，俗话说，左眼跳财，右眼跳祸，这话虽没什么科学道理，但总归是让人心里不舒服的。

吃过早点，高老板开着宝马去上班，刚出别墅新村，右眼猛地跳了几下，他使劲地揉了揉。本来，前方明明是没有人的，在他揉了几下眼睛后，车前突然冒出个老太太，一身青衣，手上拿着个饼子，像幽灵一样迎向他的车。

高老板一个急刹车，虽然车子及时地停住了，他还是吓出了一身冷汗，等他擦了擦汗，老太太已经不见了。

从这以后，这个幽灵一样的老太太就跟上了高老板，总是突然出现在他的车轮前，弄得高老板一开车就紧张。他把这件怪事跟朋友们一说，没想到有两个有钱有车的朋友也遇到过，不过，他们只遇到过一次。

没多久，高老板一位同学的母亲去世了，偷偷送回乡下老家土葬，高老板去参加了葬礼。与遗体告别时，高老板愣住了，因为死者的打扮跟那位幽灵老太太的打扮是一样的，而且手上也拿着一个饼子。

高老板疑惑地问一个老大爷，为什么死者手上拿着一个饼子。老大爷说："这是我们这儿的风俗，人在断气的时候，一定要给他手上放一个饼子，这样他死后的魂魄就会拿着一个饼子。据说进入阴间的时候，有恶狗守门，狗看见饼子，以为是石头，就不敢咬人了。"

高老板又问："那给死者穿衣服有讲究吗？"老大爷说："当然有讲究，要穿青布寿衣，上七下五，寿鞋是四块瓦的软底布鞋。"

高老板接着问道："有活人这样穿的吗？"老大爷瞪大了眼睛说："当然没有！"

高老板当时心里就咯噔一下，难道那个老太太真的是一个鬼魂吗？难道这世上真的有鬼吗？他还是不相信。

几天后的一个黄昏，高老板下班后，车子刚上开发区大道，他正准备加速时，那个老太太又突然冒出来，他一个急刹车，又吓出了一身冷汗。以前，因为没撞上，他也就没下车，今天他决定下车去问问清楚。他一边开车门一边喊：“老人家，你等一下，我有话跟你说。”老太太像没听见一样，往绿化带里走去。高老板快步上前，抓住了老太太的衣服，老太太不吭声，只是用力向前挣扎，就听见“嗞”的一声，老太太的衣服被撕裂了，高老板慌忙松了手，一个鼓囊囊的手帕从老太太的身上掉了下来，高老板捡起手帕，想去追老太太，但这时正是下班高峰，路上的车很多，高老板的车一停，后面堵了一长串，有人在不耐烦地按喇叭。高老板犹豫了一下，还是回到了车里。

到了家，高老板把手帕打开来看，里面包着一些零钱，还有一个身份证，看上面的照片，正是那个老太太，名字叫做张翠娥，是郊区沿河村的人。有身份证自然不会是鬼魂。高老板决定去沿河村探个究竟。

沿河村离城八十里，是个比较穷的地方，看上去民风淳朴，听说高老板是来找张翠娥的，很多村民热情地围过来，七嘴八舌地说开了。张翠娥年轻守寡，没有再嫁，一个人带大了儿子大毛，还好大毛很孝顺也很争气，先是外出打工挣了些钱，后来买了辆车跑出租，去年在城里买了房子，据说花了上十万，还找了个城里的女朋友。张翠娥自然跟着儿子进城享福去了。不过，就在上个月，她儿子突然回村来找她，说她失踪了，还拜托乡亲们帮忙找。

高老板忙问：“为什么失踪的？现在找到了吗？”

一个年轻人回答说：“不知道为什么，到现在都没有找到。”

高老板又问：“那怎么才能找到她儿子大毛？”

年轻人说：“刚好我进城有事，我带你去吧。”

到了城里后，年轻人给大毛打了个电话，得知他在家，然后他们就去了他的家。高老板一见到大毛，愣住了，不由得喊出了声：“李俊！”那个大毛也愣住了，“高老板！”原来，大毛就是撞死贝贝的肇事司机李俊。

年轻人看着他们，吃惊地说："原来你们认识呀！大毛，是不是我不该带这个人来你家？"

那个大毛，或者说是李俊赶紧说："哦，不，没关系的。"

年轻人说："那我就放心了，我还有事，先走了。"

送走年轻人后，李俊抱歉地对高老板说："不好意思，买狗的钱我还没凑齐。"

"我不是为这件事来的。"高老板拿出张翠娥的身份证，问道："这是你母亲的吗？"

李俊接过身份证，激动地说："是啊，怎么会在你这里？"

高老板把前前后后的事情都说了，李俊求高老板帮忙，让自己整天跟着他，看看会不会再遇上自己的母亲。高老板答应了。

于是，李俊每天坐高老板的车，和他一起上班下班。奇怪的是，老太太再也没有出现。

这天，高老板突然接到交警队王队长的电话，请他去一趟，李俊也跟着去了。王队长看见李俊，有些意外，说："我本来是想先跟高老板商量一下再跟你说的，你来了也好，那就大家一块儿协商吧。"

高老板和李俊都很疑惑，为什么还要协商？这起"交通事故"交警队早就处理过了：李俊买一条相同品种的狗赔给莫云。

王队长拿出一张纸条说："你们先看看这个吧。"

李俊看了纸条后，脸色惨白，焦急地问道："我妈到底怎么啦？她……她……是不是……"

王队长说："你别急，听我慢慢说。"

王队长说，这张纸条是派出所的民警给他的，民警又是从哪来的呢？是因为一个老太太找一个学生帮忙写这个纸条，学生觉得有问题，就打电话报了警，老太太被带到了派出所，开始她什么都不说，但经不住民警的“花言巧语”，最终什么都“招”了。她说她叫张翠娥，她儿子李俊轧死了一条狗，这条狗不是普通的狗，好像叫什么西施犬，这种狗最低价也在十五万以上，儿子赔不起，只得准备卖车卖房子，儿子的女朋友见他倒霉就跟他拜拜了，老太太不想儿子的一切就这么毁了，于是找到了狗的主人家里，求女主人发发慈悲，赔一条便宜的狗行不行，但人家坚决不同意，非要那种西施犬。

无奈，老太太就想找辆有钱人的车把自己撞死，好让人家赔笔钱给儿子买狗。她作了精心的准备，没有再回家，但试了几次都没有成功。这时，她无意中听说，一个小孩被车撞死只赔了两万多。她就想，一个小孩只值两万多，那她一个老太太不就更不值钱吗。刚好那天有律师在路边免费咨询，于是，她编造了一起车祸去咨询，律师告诉她，这样的情况最多只能赔三万。

老太太傻了，怎么人的命还没狗的命金贵？想来想去，她觉得只有一个办法可以帮儿子，那就是：自己让狗的主人家的车子撞死，一命抵一命，这样就和钱没关系了。所以她就盯上了高老板的车，没想到撞了几次都没成功，反而把身份证弄丢了。她担心没有身份证交警查不出她的身份，所以就想写这样一张纸条带在身上：我是李俊的妈，一命抵一命，求你不要让我儿子赔你家的狗了。老太太虽然认识一点儿字，但不会写，所以就找了个孩子帮忙写。

看着这张纸条，想起老太太拿着饼子一次又一次地迎上飞转的车轮，高老板不由得眼睛也湿润了……

# 数步珠

这是一个风景如画的山坡，如果不是导游讲，游客们谁也想不到，几十年前，这里曾有过一场惨烈的战斗，这个开满野百合的山坡，曾经血流成河。这一战虽然新四军只幸存两个人，但日军也死伤惨重，不敢再往山里进攻了。

导游讲完那个抗日的故事后，让大家自由活动。看着这片美丽的百合花，想着那些牺牲的英烈，夏雨虹的心久久不能平静，有一种东西在她的心里搅动着，搅动着，她怀着无比崇敬的心情向花丛中走去。

夏雨虹越走越远，在一个比较陡的地方，她看见几株野百合特别漂亮，就拿出手机想拍照。一不小心，手机掉了下去，下面正好是一大丛野蔷薇。

野蔷薇上都是刺，夏雨虹找了根枯树枝，小心地拨开野蔷薇的枝条，寻找她的手机。开始她的目光一直在地面上，偶然一抬头，她发现野蔷薇后竟然是个山洞。同时，她也发现了她的手机，手机被蔷薇的枝条兜住了。于是，她把手机晃到地上，然后用树枝往回扒，扒出手机后，她发现树枝上还挂着一串珠子。这串珠子很特别，是骷髅形，一共十三颗，中间有个结把珠子分开，上面四颗，下面九颗，最下面那颗珠子还刻着两个字母“P.B”。

夏雨虹觉得这串珠子很酷，当手机链正好，于是就挂在了她的手机上。

晚上，夏雨虹他们的旅游团回到一个小镇上住，旅舍很简陋，四个人一个房间。玩了一天，大家都很累，吃完饭洗漱之后就睡觉了。

夏雨虹关了手机，把手机放在枕头底下，躺下一会儿她就睡着了。这天晚上，她做了一个奇怪的梦，她梦见了一个金发碧眼的外国小伙子。小伙子长得很英俊，穿着军装，很威风。醒来后，夏雨虹仍然清晰地记得小伙子的长相，她不由坐在床上发呆，真是太奇怪了，平时做梦，哪怕是梦见熟人也总是模模糊糊的，为什么会这么清楚地梦见一个陌生人呢？而且还是个外国人。

在随后的行程中，夏雨虹夜夜梦见那个外国兵，更让她奇怪的是，在梦里，她觉得自己很爱那个人。夏雨虹有点儿盼望天黑，盼望睡觉了，每晚总是怀着约会的心情甜甜地睡去。

回家后，夏雨虹有好几天没有梦见那个小伙子，这让她心神不宁很郁闷，她对自己的荒唐感到不解，怎么会思念一个梦里的人呢？第五天，她又梦到了他，这让她非常开心。后来她终于发现，只要把手机放在枕头下，她就能梦到他。出门旅游时她怕手机丢了，夜夜放在枕头下，回家后手机一般是放在包里的，难怪很少梦到。

发现这个秘密之后，夏雨虹每晚都把手机放在枕头下，果然，她又夜夜梦到那个小伙子了。手机还是那个手机，不过是多了个手机链，夏雨虹觉得，自己做的梦，肯定和这个捡来的链子有关，这究竟是个什么链子呢？

没事的时候，夏雨虹常常拿出手机，抚摸着那个链子发呆。虽然那十三颗珠子都是骷髅的形状，可是她一点儿也不觉得害怕。

有一天，夏雨虹在等地铁的时候，又习惯地玩起自己的手机链。

突然，一个身材高大的男人走到她身边，问她："请问，你这个手机链在哪买的？"

夏雨虹说，不是买的，是捡来的。男人问她在哪捡的。夏雨虹就把自己旅游时捡到这串珠子的经过简单地说了。

男人恳求夏雨虹把链子给他看看，他摸着这串珠子，爱不释手，问夏雨虹能不能把链子卖给他。夏雨虹说不卖，自己很喜欢这个链子。男人把价钱从一百提到了一千，夏雨虹说："你别加钱了，再多的钱我也不卖。"

男人却依然恳求，"美女，你就行行好，把它卖给我吧，如果你真的喜欢它，怎么会把它当成手机链用呢？"

夏雨虹一愣，"那你说这个链子是用来干什么的？"

男人笑了，说："你连它是什么东西都不知道，怎么会真喜欢它呢？还是卖给我吧。这并不是什么宝贝，对于一般人来说，它一钱不值。我是因为真正的喜欢，才会出高价。"

夏雨虹当然不好意思说自己做梦的事，只说自己就是真的喜欢，决不会卖掉。男人还是不甘心，掏出一张名片递给夏雨虹说："价钱还可以再商量，你再好好想想，如果你愿意卖了，请和我联系。"

夏雨虹看了看名片，男人名叫骆毅，是一个开商店的老板。店铺名叫"迷彩小店"。

星期六的上午，夏雨虹没事，按名片上的地址找到了迷彩小店。店面确实不大，也不在正街上，卖的东西比较特别，都是些军用品。骆毅一个人坐在店里，他见夏雨虹来了，很热情，高兴地说："是不是愿意卖给我了？"

夏雨虹笑了，说："不是，我是想请你告诉我这个链子到底是做什么用的，我愿意给你一千块钱。"

骆毅笑着叹气，他见夏雨虹那么想知道，也就不再卖关子了。

他先介绍了一下他自己，他从小就有军人情结，可惜因为体检不过关没当上兵。他指着夏雨虹的手机链说，这个链子叫数步珠，是挂在战术背心上的，是美国游骑兵用的一种装备，可以通过珠子计算走过的步数从而算出距离。这串数步珠应该是二战时真正的美国游骑兵用过的。这就很奇怪，那场战斗是新四军对日军，应该是没有游骑兵参加的，为什么战场上会留下数步珠呢？

夏雨虹好奇地问："什么叫游骑兵？"

骆毅说，游骑兵是美国的轻型步兵，受过特殊训练，体能、意志、品德，都是超一流的，总之非常厉害，也就相当于我国现在的特种部队。他非常崇拜游骑兵，又是个军用品发烧友，所以才那么想要这条从战场遗址上捡来的数步珠。

夏雨虹不由想到梦中的那个小伙，他肯定是个二战时的游骑兵，按照时间来算，他大概已经不在人世了，他是穿越了怎样的时空来到自己的梦里呢？想到这场爱情注定无望，夏雨虹在心里暗暗叹息。她掏出一千块钱递给骆毅，骆毅笑了，说："你还真给钱啊！"



骆毅没有收钱，从这以后，他和夏雨虹成了朋友。

有一天，骆毅打电话给夏雨虹，说自己有个朋友想看看那个数步珠，让夏雨虹下班别走，他们来接她，晚上一起吃饭。

下班后，骆毅准时过来了，当夏雨虹看见骆毅带来的那个朋友，当时眼睛就直了，心狂跳起来，因为那个朋友是个金发帅哥，正是夏雨虹夜夜梦到的那个人，只不过穿的衣服不同。

外国小伙看见夏雨虹也愣了一下，眼里放出特殊的光。

两人目光交会的一刹那，夏雨虹不由想起一首歌：只为相遇那一个眼神，彼此敞开那一扇心门……

骆毅介绍说，自己这个朋友叫杰瑞，来自美国，也是个军用品发烧友。夏雨虹这才回过神来，礼貌地和杰瑞打了招呼。

然后他们一起去吃饭，杰瑞的中国话说得很好，大家聊起来很轻松。杰瑞仔细看了数步珠，详细询问了夏雨虹捡到数步珠的经过。他问夏雨虹能不能陪他和骆毅再去一趟那个地方，一切费用由他出，夏雨虹高兴地答应了。

他们没有跟随旅游团，而是自己去的。野百合已经谢了，但那个山坡依然美丽。夏雨虹带着两人找了很久，就是找不到当初捡到数步珠的山洞。他们虽然有些失望，但还是玩得很开心。

杰瑞对夏雨虹似乎也是一见钟情，他们很快相爱了，夏雨虹把数步珠送给了杰瑞。

圣诞节时，杰瑞回美国住了几天。等他再来中国时，他高兴地告诉夏雨虹，他的家人很想见夏雨虹，一定要他把夏雨虹带回去见见他们。

夏雨虹自然很乐意去，到了美国她才知道，杰瑞家拥有一家很大的公司。杰瑞没有带夏雨虹去见他的父母，而是先去见他的祖父。

老人已经快九十岁了，身体看上去还不错，他见了夏雨虹很激动，颤抖着拿出一张发黄的黑白照片给夏雨虹看。夏雨虹很惊讶，因为照片上是个三十年代学生打扮的东方女孩，和她有几分相像。

夏雨虹疑惑地问："这是谁？"

杰瑞说，这是他祖父的初恋情人，名叫无双，是中国人。他祖父曾经是游骑兵，有一次去英国执行一个特殊任务，碰巧救了在英国留学的无双，两个人相爱了。临别时，他祖父把自己的数步珠送给了无双，说等战争结束了一定去找她。

说到这里，杰瑞拿出夏雨虹捡来的数步珠，"这就是我祖父当年送给无双的，P.B 是我祖父姓名的缩写，是他亲手刻上去的。"

夏雨虹关切地问，“那后来呢？”

杰瑞说，后来，他祖父找了很多年，一直没找到无双。因为无双，祖父对中国很有感情，让他学习中文，并到中国开分公司。当他听骆毅说见过一串刻有“P.B”的数步珠，他就想到会不会是祖父的那串。当他见到夏雨虹时，觉得和无双很像，就更疑心了。所以他就把数步珠带回来给祖父看，祖父说，就是他送给无双的。

夏雨虹听得呆了，她这才把自己捡到数步珠后做梦的事告诉了杰瑞，杰瑞又翻译给他祖父听。祖父很激动，他说，那肯定是无双的梦。

真奇怪，为什么自己和无双长得有些像呢，还会接收到她的梦？夏雨虹做过实验，别人枕着数步珠睡觉是不会做那样的梦的。自己和无双有什么关系呢？难道她是自己的前世吗？难道这个世界真的有轮回？夏雨虹问，那个无双全名叫什么。杰瑞说，叫顾无双。

夏雨虹说，自己的外婆就姓顾。于是她把这件奇事打电话告诉了自己的外婆，外婆惊讶地说：“我大姐就叫顾无双，她比我大十几岁，我很小的时候她就去了英国留学，她回国后就参加了革命，后来和家里再也没有联系。”

夏雨虹把外婆的话告诉了杰瑞，杰瑞又告诉他祖父，并讲了那场惨烈的战斗。老人看着数步珠泪流满面，他拉过杰瑞和夏雨虹的手，把他们的手紧紧地握在了一起，在那一刻，他仿佛看到了他的无双。

# 孩子长得像邻居

林欣喜欢户外运动，在一次爬山时摔下了山崖，性命虽然保住了，但双腿可能永远站不起来了，只能靠轮椅代步。这对于喜欢运动的林欣来说太痛苦了，她宁愿自己当时摔死了也不愿这样活着。她几次想自杀，可是一想到自己才三岁的女儿可可她又不忍心。女儿那么小，如果没有妈妈多可怜。





林欣有个哥哥叫林志军，是家军工企业的技术员，业余喜欢捣鼓无线电，他组装了一种电波接收器，可以接收空中的无线电波。他见林欣意志消沉，就把电波接收器送给林欣玩。

林欣看着这个电子元件拼起来的小箱子，无精打采地说："这有什么好玩的，不就是像收音机一样的吗？"

林志军笑着说："这可比收音机好玩，不但可以收听很多广播电台的节目，还可以收到电报、手机通话。总之，能收到很多电波，并把它们转换成声音。你会发现，我们周围安静的空间原来是那么热闹……"

林志军讲了一些接收到的有趣电波，把林欣逗乐了。她想，反正自己现在很无聊，玩玩这个东西也可以消磨时间。

林欣虽然要靠轮椅走路，但生活还是可以自理的，白天通常只有她一个人在家。

这天，她做了半小时的康复锻炼之后，有些累了，就拿出了电波接收器，胡乱搜索周围的电波。电台广播她没兴趣听，电报她破解不了，她胡乱调整着频率，突然，她听到两个熟悉的声音。

女的说："离就离，但你不能污辱我。"

男的说："你他妈还不认账，佳佳哪点长得像我，是谁的野种，你自己清楚。"

女的声音有些发抖："你……你胡说，我们可以带佳佳去做亲子鉴定……"

林欣吃了一惊，她没想到会无意中收听到别人的手机通话，更让她惊讶的是，这一男一女不是别人，正是她的对门邻居，男的叫郝政，女的叫成诺，这夫妻俩平时看上去挺恩爱的，没想到关系原来这么糟，竟然到了要离婚的地步。更让林欣关切的是，佳佳到底是不是郝政的孩子。

林欣关注这个问题，不是她八卦，而是另有原因，因为那个佳佳和林欣的女儿可可长得非常像，两个孩子只隔一个月，不知情的人总以为她们是双胞胎，就连林欣自己也觉得俩孩子像双胞胎。以前，林欣只觉得太巧，现在，郝政说佳佳不是他的孩子，如果真不是，那是谁的孩子呢？佳佳和可可长得那么像，会不会是有什么血缘关系？林欣不敢想下去，她不想怀疑自己的老公，毕竟老公对自己还是蛮好的。

佳佳的父亲到底是谁，这个问题像刺一样扎在林欣的心里，她觉得自己比郝政更迫切地想知道这个答案。从这以后，林欣有意偷听成诺和郝政的电话。

不久，林欣从成诺和她姐姐的通话中得知，成诺和郝政真的带佳佳去做了亲子鉴定。

林欣焦急地等待鉴定结果，生怕自己漏听了任何一个和这件事有关的电话，成诺的单位就在附近，她上班时用手机林欣一样偷听得到。

可是半个月过去了，却一点儿消息也没有，林欣很烦躁。有天中午她正准备去午睡，终于又听到了成诺和郝政的电话。

成诺：“你回来吧，我们好好谈谈。我知道，现在我说什么你都不相信，可我真的很冤。”

郝政冷笑：“你还好意思叫冤，鉴定结果已经出来了，那东西不会有错，佳佳和我没有血缘关系，现在我们只有离婚，你是有过错的，不可能分一半的财产，另外，我也不用给佳佳抚养费。”

两人说着说着就吵了起来。

林欣听着他们吵架，心里也是一团乱麻，佳佳到底是谁的孩子？想到佳佳和可可长得那么像，她就觉得恐惧。

林欣正胡思乱想，又听到成诺给自己的姐姐打电话，成诺在电话里哭，说自己真的没有出轨。她姐姐说，会不会是孩子在医院里抱错了。成诺以恍然大悟的口气说，很可能是这样的，她再去做一次鉴定，看佳佳和她有没有血缘关系。

听到这里，林欣稍稍松了口气，从成诺的语气上分析，她确实像很冤，按说她不会和自己的姐姐说谎，也许真是在医院里抱错了孩子。

可是，事情却没有想象的那么好，不久，林欣听到成诺和她姐姐打电话，亲子鉴定的结果出来了，佳佳确实是她的孩子，没有抱错。成诺觉得太奇怪了，她说她真的没有和别的男人上过床，她也不明白这个孩子为什么不是郝政的。

成诺在那里叫冤，林欣也很郁闷，佳佳成了她的心结，如果这个结不解开，她觉得自己会郁闷死。怎么办呢？一定要弄清自己的老公和那孩子有没有关系。可是，如果直接让他们去做亲子鉴定那是不可能的，只能以体检或什么借口让他们抽点儿血，偷偷拿去鉴定。

林欣行动不便，所以只有求助于她的哥哥林志军，他们兄妹一向感情很好，所以，她对哥哥没有隐瞒，把原因和目的都说了。她请哥哥帮忙，以可可为幌子，故意找佳佳玩，多和佳佳接触，找机会抽佳佳一点儿血。

林志军知道自己妹妹的性格，如果不把这个问题弄清楚，林欣肯定会闷出毛病来，所以，他只好答应了林欣。刚好这时林欣的老公出差了，林志军就住在了妹妹家，这样方便照顾林欣和孩子。

早上起来，林志军准备带着可可去买早点，他站在猫眼前观察，见成诺带着孩子出来了，他也赶紧带着可可出门。这是他第一次见到佳佳，他当时就一愣，两个孩子长得真的很像，难怪妹妹起疑心。

就这样，林志军故意制造机会，很快，两个孩子就玩得很好了，每天幼儿园放学后就在一起玩。林志军和成诺也熟悉了起来。有时林志军带着可可到成诺家玩，成诺的老公早已搬出去住了，有时成诺带着佳佳到林欣家玩。就这样，林欣和成诺也常常说话了。虽然做了好几年的邻居，以前两家是不来往的。

本来，林欣对成诺带有敌意，通过近距离的接触，她发现成诺是个很好的女人，这让她更害怕，成诺这么优秀，如果自己老公喜欢她也是正常的，现在自己的腿又成了这样，怎么和成诺比呢？

林欣更加地忧郁，成诺对她越好，她越怀疑成诺别有居心。表面上她装作把成诺当成朋友，其实内心里她在时刻防备着这个美丽的女人。当她的老公回来后，她借口孩子要舅舅，让林志军仍然住在她家，好让林志军监视老公和成诺。林欣的老公没有起疑心，他工作很忙，常常没时间接送孩子，大舅子住这里帮他照顾孩子他求之不得。

就这样，林志军在妹妹家一住就是半年，在这半年里，成诺对林欣越来越好，常和林志军一起帮助林欣锻炼双腿，当林欣第一次能丢掉拐杖走几步时，成诺高兴地叫起来，那种高兴不像伪装的，这让林欣很感动，她想，也许真的是自己多心了，如果老公和成诺有什么特殊关系，半年来不可能不露出蛛丝马迹。

可是，一看到佳佳和可可长得那么像，林欣就心里堵得慌。

林欣能走后没几天，成诺离婚了，房子判给了男方，成诺得带着孩子搬走。林欣很是矛盾，这是最后的机会了，如果再不抽佳佳的血，以后只怕抽不到了，但是，她又害怕知道真相。林欣犹豫了很久，下不了决心，只好征求哥哥的意见。

林志军抽着烟，不作声，好半天才说："其实，三个月前我就知道，不用血液只要头发就能做亲子鉴定，我没有告诉你，是因为我比你更害怕知道答案。我想，有的真相还是不知道更好。"

林欣不解地问："为什么你更害怕知道？"

林志军笑了，"因为我喜欢上成诺了，她也喜欢我，你没看出来吗？"

林欣吃惊地张大了嘴，她确实没看出来，因为她一心怀疑老公和成诺的关系，所以根本没注意别的。现在想来，哥哥和成诺确实挺好的，难怪哥哥在这里住这么久从不想回去。

林志军说，佳佳不是郝政的孩子，成诺自己都觉得奇怪，她怎么都想不通。她也疑心林欣的老公是不是在自己不知道的时候用特殊的方法对自己做了什么，她频繁地带孩子过来玩，也是为了借机观察林欣老公的为人。后来她见林欣老公挺正派的，同时又因为她喜欢上了林志军，所以她想还是算了，就让女儿的身世成为一个谜吧。

兄妹俩谈了很久，林志军请求林欣不要再追查了，就当两个孩子相像是一个巧合吧。

成诺搬走后，林志军也回家去住了。

不久，林志军就和成诺领了结婚证。婚礼那天，林欣自然也去了，她已经能走路了，她真心祝福哥哥和成诺，希望生活从此风平浪静。

林欣虽然能走路了，但仍然需要在家里休养。无聊时，她仍然把电波接收器打开来玩，她本不想再收听邻居的手机通话，可是有次听郝政说到孩子的问题，她还是忍不住听了下去，这一听，竟然听到了一个大秘密。

郝政是在和自己的妹妹打电话，虽然他们说得不是很完整，但林欣还是听出了大意：郝政和成诺结婚几年没生孩子，他偷偷到医院检查，是他没有生育能力，他是爱面子的人，生怕别人知道，连成诺都不敢告诉。他求自己的妹妹帮忙，让成诺生个孩子，他妹妹是医生。他们给成诺吃了安眠药，在成诺熟睡时他妹妹给成诺做了人工授精手术。成诺生了孩子后，郝政开始还是挺高兴的，可是总有人说孩子长得一点儿也不像他，他很是窝火，所以就对成诺和孩子越来越差。去年他做生意发了财，一想到自己的财产将要留给一个和自己毫无血缘关系的人他就很难受。

从他们的通话中林欣还感觉到，郝政的妹妹别有居心，是她鼓动郝政离婚，希望郝政的财产将来给她的孩子。

林欣立即把听到的情况告诉了林志军，林志军惊喜地说，他曾经捐献过精子，本地捐精子的人很少，佳佳会不会就是他的孩子？

第二天他们就去做了亲子鉴定，佳佳果然是林志军的孩子！幸福来得如此突然，他们喜晕了。林欣也是心花怒放。从此，无论给孩子买什么，他们都是买两份，常常把两个孩子打扮得一模一样带出去玩，每当别人说是双胞胎时，他们就很开心地说：“不是，是表姐妹，像双胞胎吧。”

# 人在做天在看

阿丽是她的阿婆带大的，阿婆很惯她，把她惯得像小山猫一样野气十足。老天对这只小山猫似乎还算公平，赐给她贫困的同时也赐给了她绝对的美貌。自古以来，美貌就是女人往高处走的通行证，美貌的女子就应该有美好的生活，大山深处的一条穷山沟，如何关得住阿丽日渐长大的心？

十八岁一过，阿丽就跟着同村的姐妹外出打工。她清楚地知道，自己没念过一天书，靠打工混不出什么样子，最好的出路是嫁个好男人。阿丽正这么想的时候，她真的就认识了一个好男人。

这个好男人五十多岁，人称老常，是阿丽老板的朋友，听说很有钱。他想把阿丽包下来，阿丽拒绝了，说自己只嫁不卖，叫老常离了婚再来。没想到老常色迷心窍，真的和老婆离了要娶阿丽。

阿丽顺利地嫁了个有钱的男人，只高兴了一阵子，她就笑不起来了，因为老常把她看得很紧，还时常疑神疑鬼。阿丽自由惯了，这种关在金笼子里的生活她受不了，想离婚。老常不肯，说真要离了，一毛钱也不会给她。阿丽穷怕了，她的父母都是因为很普通的病没钱治，结果病死了。她深深体会过贫困的无奈和悲哀，她不愿再过那种穷日子。她不甘心这样白嫁了一次，想偷偷弄些钱再离，但老常把经济大权抓得很紧，阿丽根本找不到机会，看来只有盼老常早点死掉继承遗产了。

老常才五十多岁，离寿终正寝还早得很，只怕等他死了，自己也老了，想到这一点，阿丽很烦恼，巴望着老常突然病死或出个什么意外。老天很体贴阿丽的心思，不久，老常真的病了，开始是重感冒，后来整天咳嗽。不知为什么，他对西药很不信任，坚持只吃中药。中药来得慢，病程就拖得长，过了一个月他还是咳得很厉害。阿丽让中药熏了一个月，熏出了一个谋财害命的好方法。她的家乡有一种山慈姑，听说能毒死人，曾有小贩子当药材收过。只要把这种山慈姑放进老常的药里一块儿煎，就可以神不知鬼不觉地把老常毒死。反正他病这么久了，说他是病死的大概不会有人怀疑。

阿丽借故回了一趟老家，带了些山慈姑过来。当她把这种有毒的东西放进药罐子的时候，想起了家乡的那句俗话：人在做天在看。从小她就不相信这句话，因为她不相信天长了眼睛，但此时此刻，她害怕了，害怕天真的长了眼睛。不过，她很会安慰自己，世上这么多人，每时每刻都有人做坏事，老天就算长了眼睛，也不可能把每件事情都看清楚。自己只不过往药罐中多加一种药材，老天肯定看不出自己是在做坏事。再说，什么是好什么是坏，老虎吃了兔子，难道就说老虎是坏的兔子是好的吗？人和动物一样，本不该分什么好和坏，人不为己，天诛地灭。阿丽把药端给老常喝的时候，已经变得心安理得了。

老常一死，他的儿女们就报案了，怀疑是阿丽害死的。阿丽当然不承认，说老常是病死的。后经法医鉴定，老常是因秋水仙碱中毒死亡。常家本来就对阿丽恨之入骨，于是一口咬定是阿丽毒死老常，想谋夺财产。阿丽听说警方查出来老常是被毒死的，着实吓了一跳，又听说警方知道这种毒来自山慈姑，更让她心惊。不过她想，自己做的事没有任何人看见，只要坚决不承认就会没事的。

果然，警方没有过多地怀疑她，而是怀疑老常买来的中药有问题，因为其中有一味化痰止咳的药叫川贝。川贝的价格比较高，市面上有多种假货冒充，假川贝中有一种山慈姑，含有剧毒成分秋水仙碱，所以警方怀疑老常买来的药中川贝是假的，是山慈姑冒充的。给老常看病抓药的是一个从外地来此开业的老中医，他听说老常是秋水仙碱中毒死亡，也以为自己的川贝有问题，吓得把诊所里的药材全毁了，然后逃之夭夭。老中医的逃走让警方更加相信他们的推断，没有再查老常的死因。等着他们查的案子太多了。

阿丽有惊无险地过了这一关，满心欢喜地等待继承遗产。然而，她等来的不是遗产，而是法院的查封。原来，老常生前是专门生产、销售假西药的，他开的地下制药厂多达五个。不久前，某医院因为假药导致了两个病人死亡，追查假药的来源，最后查到了老常。老常的遗产全部被没收了。事情曝光后，人们议论纷纷，都说老常让假药毒死了是报应，只有阿丽真正明白这场报应。她终于相信，老天不但长了眼睛，而且看得很清楚，老天之所以没有拆穿自己，是为了惩罚老常。





阿丽如同做了一个梦，一觉醒来，她依然是一无所有的打工妹。如果说和以前有什么不同，那就是她脑子里烙上了六个字：人在做天在看。

这六个字如同六窝小蚂蚁，在她的身体里到处乱咬。不久，她就得了一种奇怪的皮肤病，浑身痒得难受，抹什么药都止不了痒，而且，她还经常头疼，头里面像是塞满了乱糟糟的东西，又好像什么也没有。终于有一天，因为心神不宁，她让机器绞去了一只手。她的老板是个黑心的人，把她辞退了，只给她五千块钱。

阿丽认为这是老天对自己的处罚，一分钱也不肯要。这倒把老板震住了，他开始怀疑自己小看了这个打工妹，猜不透她到底是什么意思。为了节约成本，他的工厂省了一些必要的安全设备，一旦事情捅出去，厂子要关门，还要被罚款。因此，他很怕阿丽去告，主动把钱加到了一万，阿丽还是不要。再加，坚持不要。阿丽求老板别给，老板求阿丽收下。阿丽越不要，老板越怕，一直加到了十万，阿丽见不要实在不行，只得收下了。

她带着这笔钱回了老家。她不敢也不想用这个钱，全部捐给了村里，用来修路、建学校。村里只有一条小路出村，很不方便。村小学是破旧的土坯草房，条件极差，请来的代课老师都是坚持不了一年就跑掉了。

阿丽出钱，大家出力，终于开出了一条能过车的路，车能进村了，运输方便了，很快为村小学盖起了六间砖瓦房，有大大的玻璃窗，地上还糊了水泥。孩子们从没见过这么干净漂亮的房子，可高兴了，阿丽成了他们最尊敬最喜欢的人。

阿丽和她的阿婆仍住在两间土坯房里，她的事迹传遍了全乡，传到了县里，县长亲自来看她，县电视台来采访她。阿丽成了全村，不，是全乡人的骄傲。

阿丽难受极了，身上痒得更厉害，全身都被抓得破破烂烂，没一寸好地方，更让她烦恼的是，村小学的老师阿朗疯狂地爱上了她，决心非她不娶。

阿丽说自己结过婚，阿朗根本不在乎。

阿丽说自己是残疾人，阿朗当然也不在乎。

阿丽说自己没文化，阿朗说但你有金子般的心。

阿丽痛苦极了，她不想害阿朗，误他的一生。在一个月光皎洁的晚上，阿丽在阿朗面前脱去了外衣，只穿着内衣。看着阿丽身上恐怖的皮肤，阿朗惊呆了。阿丽以为他会吓跑，但他没有，他非常非常地心疼。他说阿丽太傻，傻得可爱，傻得可敬，把那么多钱都捐出来，却舍不得留点钱给自己治病，这让他更爱阿丽。

阿丽再也忍不住，她哭着，把害死老常的秘密说了出来。

阿朗愣了，傻了，一句话也没说，转身走了。

阿丽蹲下去，把脸埋进自己的胳膊里，泪水像泉水一样涌出来。直到这一刻，她才明白什么是爱情，她才知道，原来自己也爱阿朗，是那么那么地爱。她后悔,太后悔了,现在只有一只手都可以养活自己,为什么当初有两只手却过不了日子，为什么要做那么傻的事情!

她哭累了,眼泪哭干了,想站起来,只觉得眼前发黑,倒了下去,一个人扶住了她，是阿朗，他采来了一大捧草药。这种草药阿丽也认识，小时候身上长痱子，阿婆就是用这种草药煎水给她洗澡，洗几次就好。

阿朗说:“用它煎水洗澡，肯定能治好你的病。”

阿丽摇摇头，“我刚回家时洗过很多次，没有用的，我曾经擦过很多种药,都没有用。这种病是治不好的,这是老天给我的报应。”

阿朗可不信那一套,他认为阿丽的病不在皮肤上,而是在心里,于是依着阿丽说:“如果老天真的长了眼睛，他看了你后来所做的一切，他肯定会原谅你。那些药都是以前用的，你已经很久没有用药了，你再试一次，我相信，老天肯定已经原谅你了。”

“真的会吗?”

“造假药的人最可恨，那个老常是他自己该死，他死有余辜，你已经受了这么多罪，又为村里做了这么多好事，老天如果还不原谅你，它就不配做天。”

真奇怪，这天晚上，阿丽用这种草药煎的水洗澡，很舒服，晚上睡得很香，她身上一点儿都不痒了。几天后，那些血痂一层层地掉下来，阿丽的皮肤重新变得光滑又健康。

阿丽太高兴了，真的！老天真的原谅自己了！

随后，阿朗陪阿丽走进了公安局……

# 爱情只是隔堵墙

莫莫卫校毕业后，成功地打进生意兴隆的二医院，做了一名白衣天使。这在这个失业严重的城市，算是一份不错的工作了。唯一不方便的是，医院没有单身宿舍，莫莫只得在外租房。

莫莫租的房子离医院不远，上世纪八十年代的老房子，三十平方米的弹丸之地，却被大卸五块，隔成一室一厅一厨一卫一阳台，让人堵得慌。不过，经过莫莫的巧手装扮之后，不仅不堵，反显出一种很袖珍的温馨。

莫莫被分在外科住院部，外科住院部全是男医生，由于莫莫做事有条有理，长得也是有条有理，因此男医生们都喜欢她。当然，这种喜欢不是那种喜欢。

对莫莫表现出那种喜欢的只有医师潘越，潘越在光天化日、众目睽睽之下对莫莫说："莫莫，我想追你，你喜欢什么样的追求方式？"

莫莫调皮地一笑，大声说："当然是喜欢浪漫的。"

莫莫之所以这么大声，是想说给石健宁听。在男医生中，莫莫最喜欢的是石健宁，而且是那种喜欢。石健宁长得鼻子是鼻子眼睛是眼睛的，怎么看怎么舒服。当然，潘越的鼻子也是鼻子，眼睛也是眼睛，只是莫莫看着感觉不同罢了，不然哪来的"情人眼里出西施”呢？

潘越真的开始追莫莫了，他的追求花样百出，浪漫得让木头人也会心动，况且莫莫不是木头人。很快，潘越在莫莫眼里就起了化学反应，只要一看见他，莫莫就有放电发光的感觉。

像所有陷入美好爱情的女孩子一样，莫莫有时做事会心不在焉，有时会莫名其妙自顾自地笑起来。

这天，莫莫在小厨房里做自己简单的饭菜，一边想着潘越，想着潘越对“心上人”三个字的解释，不由笑起来。正痴痴地笑着时，忽见壁橱旁边冒出一张纸来，抽出纸片一看，只见上面写着：“妹妹几时有？把酒问室友。不知隔壁姑娘，可有男朋友？我欲凿墙看去，又恐墙壁太厚，疼坏我的手。”

显然，纸条是从隔壁塞过来的。莫莫凑近墙仔细看，壁橱的木板和墙之间有条缝隙，还好，缝隙太窄，目光看不过去，只能容一张薄纸通过。

莫莫住进来两个月了，还没见过隔壁的邻居，也不知道住的是什么样的人。

莫莫可不希望邻居对自己有什么非分之想，更怕对方真的凿墙。她总是习惯在卧室脱光衣服去卫生间洗澡，然后再光着身子回卧室穿衣服，想想隔壁住着一位想凿墙的家伙，莫莫就不寒而栗。于是她写了一张纸条塞过去：“拜请隔壁仁兄，千万别凿墙，我已有男朋友。”

谁知第二天，隔壁又塞过来一张纸条：“月有阴晴圆缺，人有悲欢离合，此事古来有，估计没多久，你俩就分手。”

这人怎么这样啊，莫莫有点儿气恼，又写了张纸条塞过去：“我与他，地老天荒，永不分手，你就死了这条心吧！”

可隔壁的家伙也真够坚韧不拔的，第三天又塞过来一张纸条：

“天不会老，地不会荒，但美人会老，爱情会荒，据联合国爱情委员会统计，全世界99.99%的爱情结局是荒凉，也就是说，我有99.99%的机会，叫我怎么死心。”

这人太难缠了，莫莫不想再与他纠缠下去。她画了只大乌鸦，用两条细胶布交叉贴在乌鸦的嘴上，那意思就是闭上你的乌鸦嘴，然后把这张纸塞了过去。

隔壁的乌鸦还算有点儿自尊，果然闭嘴了，没有再骚扰莫莫，但是，莫莫和潘越的爱情却不幸被乌鸦嘴说中，两个月后就走向了荒凉。潘越另结新欢，莫莫自然成了被抛弃的“旧人”。

成了“旧人”之后莫莫才知道，潘越是医院有名的花花公子，他的爱情总是速战速决，与莫莫拍拖了三个月已经算是“天长地久”了。由于潘越是院长的公子，因此没人敢提醒莫莫。

失过恋的人都知道，失恋不仅是失去对方的心，自己的心也会一起失去，心的位置只剩下一个巨大的空洞，伤口会日日夜夜地疼。一个没有心只有伤口的人，做起事来难免丢三落四，莫莫也不例外，失恋后工作上频频出错，万幸的是没弄出人命。

潘院长知道儿子对不起人家，因此没有责怪莫莫，而是给了她十天假期，让她出去散散心。

心都没有了，还有什么好散的。莫莫躲在小窝里根本不想出门，她像猫一样蜷缩在布艺沙发里，从白天到黑夜，从黑夜到白天，她记不清几顿没吃了，反正她不饿。失恋的人大概不只是失去心，可能连胃也一起失去了。不过，莫莫感觉到了渴，她去厨房喝水，壁橱边安安静静地伸着一张纸，莫莫顺手抽出来，上面写着：“天涯何处无芳草，何必单恋一根草。”

莫莫把纸条丢进垃圾篓，回到客厅，继续像猫一样蜷缩在沙发里。她觉得只有这样蜷缩着，疼痛才会减轻些，她怕疼，怕那种心被抽空的疼。

再这样下去，自己会疼死的，莫莫知道，不能再想潘越这两个字了，必须想点儿别的什么。就想刚才那张纸条吧，奇怪，隔壁的家伙怎么知道自己失恋了呢？莫莫想来想去想不明白，不由坐直了想，还是没想明白，于是不由自主地下了沙发，走来走去地想，经过镜子前，偶然地一抬头，莫莫终于明白了，是啦，自己脸上写满了失恋两个字，任谁也看得出来的。

隔壁的邻居肯定一直在关注自己，也许他天天躲在猫眼后看自己进进出出，也许他经常在楼下的某个角落偷偷地看自己。想到有人一直在默默地关心自己，莫莫不禁感到一阵暖意。在这座城市，莫莫没有亲人，没有朋友，只有一帮革命友谊还没牢固的同事，天又正秋，凉风四起，最重要的是，她刚刚失去了心，她的血液没有了活力，她需要温暖。

那么，这个送来温暖的邻居是怎样一个人呢？是高是矮？是胖是瘦？年方几何？相貌怎样？莫莫想，也许他曾经与自己在楼梯上擦肩而过，也许他还曾在自己的身后回头。她努力回想在这幢楼里遇过的人，可是想不起一张清晰的面孔。

莫莫突然觉得自己好傻，何必这么费力地去想呢，到隔壁去看一下不就知道了吗？

于是莫莫开了自己的门，敲响了邻居的门，敲了半天，却没反应。看来，他不在家。没关系，现在莫莫有的是时间，反正她没事可做，那就等吧，他总会出现的。

莫莫回到自己的小窝，拿出一些毛线，准备一边织毛衣一边等。她就坐在自己的门后，只要隔壁的门响，她肯定能听见。

莫莫不是给自己织毛衣，织大衣服她没耐心，她是给自己的玩偶们织衣服，巴掌大的小衣服，织起来好玩好看又可以消磨时间。

青蛙王子、笨笨熊、袖珍芭比娃娃……玩偶们个个穿上了新毛衣，十天的假期也结束了，隔壁的门却没有响一下，但是，每天都有新的纸条从墙缝里塞过来，都是些温暖的句子或博人一笑的话。

渐渐地，莫莫有些期待那些纸条了，明天的纸条会写什么呢？每天，莫莫都是想着这个问题入睡的。有一天，她终于忍不住写了一句话塞过去："为什么我从来没见过你回家？"

等她下班回来，答案已经塞在墙缝里："也许我回家的时候，你正睡觉或上班去了吧，你上的是倒班，所以一般我们是碰不上的。"

从这以后，他们开始聊起来，用这种特殊的方式。人都是有感情的，聊得多了，自然成了朋友，莫莫很想见见这位神秘的邻居，但对方坚持不肯露面。他说，见面的时候，就是他要追她的时候，但现在还不是时候，因为他不想乘虚而入，他想等她状态好了再追她。

其实，莫莫的心伤已经完全好了，她对潘越已经没有丝毫的兴趣，现在她最感兴趣的是隔墙的这位，但她总不能对人家说：我很想见你，我状态已经很好了，你可以追我了。

莫莫不好意思直接说，就只能偷偷地观察了，只要不上班，她就呆在小窝里，但是，她就是见不到他回家。于是，她就想方设法地打听，终于间接地打听到隔壁的房子从没出租过，住的是房主本人。

巧的是，刚好有位房产局的女孩在二医院开刀，她对莫莫的护理很满意，也很喜欢莫莫，等她出院时，已经和莫莫成了朋友。

通过这个女孩，莫莫总算查到自己的邻居名叫梁晨。

梁晨！莫莫在心里轻轻念着这个名字，忍不住微微一笑。回到家，墙缝里已有一张纸条在等着她："要过年了，这道墙缝的使命也该结束了。"莫莫把纸条捧在手里，又忍不住笑起来，是啊，是该见面了，她太想见到他了。

第二天，莫莫是晚班，当她出门准备去上班时，发现隔壁有灯光，这是她第一次看见隔壁有灯光，她的心咚咚地跳起来，犹豫了一下，忍不住敲响了隔壁的门，门开了，一个英俊的男人站在面前，穿着棉睡衣，二十七八岁的样子，感觉很亲切，莫莫几乎能听见自己的心跳，她一时不知说什么好，傻傻地问道："梁晨，你是梁晨吗？"

男人点点头，愣愣地看着她，这时，传来一个女人的声音："晨，谁来了？"一个妩媚的女子从里面走出来，也穿着棉睡衣，看着她亲热地倚着梁晨，莫莫一时心如刀绞，结结巴巴地说："我，我是你们的邻居，一直没见过你们，想，想和你们打个招呼。"女人狐疑地看着莫莫，"你是我们的邻居？既然没见过，你怎么知道他叫梁晨？"莫莫恨不得自己变成一缕烟消失掉，她尴尬地说："我听别人说的，对不起，打扰了。"

莫莫转身逃下了楼梯，眼泪早已不争气地出来，她不知道自己为什么这么倒霉，遇上的总是这样的人。

莫莫一路上拼命地擦眼泪，想在到达医院之前把眼泪擦干，可眼泪就像泉水一样，怎么擦都擦不干。她只得打电话请假，说自己病了。往回走，经过他的门口，听见里面在吵架，为了她，她不想多听，开了自己的门，脸都不想洗，吃了两片安眠药，钻进了被窝。

一觉醒来，已经快中午了，莫莫刚刚梳洗好，有人敲门，是梁晨和那个女人，竟然是来请莫莫去他们家吃饭的。见那个女人大方热情，莫莫不好意思拒绝，别别扭扭地去了。

隔壁是两室一厅，房子大多了，莫莫进屋刚坐下，却见自己的同事石健宁走进来，一手一把鲜花，一把递给那个女人，说：“姐姐，昨晚让你和姐夫闹误会了，送给你算是赔罪。”

另一把递给莫莫，莫莫惊讶地问：“她是你姐姐？”

石健宁说：“是啊，我姐姐和姐夫在外地工作，只过年回来一下，平时房子是空的，我有钥匙，那些纸条都是我写的……”

莫莫的脸红了，“我们天天见面，你有话当面说就行了，塞什么纸条，害得人家以为是什么神秘人物呢。”

石健宁笑道：“不是你说喜欢浪漫吗，害得我绞尽脑汁才想出这个办法……”

石健宁的姐姐、姐夫笑着钻进了厨房，把客厅留给了他们。

# 黑豆的身份

丹丹幼师毕业后，和同学合伙，在一片高档住宅小区附近办了个贵族托儿所。可是半年下来，只收到五个孩子，还不够付房租的。后来丹丹见附近养宠物的比养孩子的多多了，就突发奇想，干脆把托儿所改成了宠物托管所，专门帮人临时照看宠物。没想到这一下还真走对路了，一时间生意兴隆，各种各样的女人带着各种各样的宠物纷至沓来，少则托管一个小时，多则托管几个月，她们出手大方，从不讨价还价。





在这些宠物中，最多的是狗，其次是猫、鸟、鱼，剩下的就千奇百怪了，什么猴子啦，蛇啦，连癞蛤蟆都有。

有天早上刚开门，来了个头发花白的老婆婆，身上衣服破旧，一脸的病容。再看她带来的那条狗，丹丹忍不住笑了起来，这条狗长得太有创意了，一身的黑毛杂乱无章，显得很滑稽。

虽然老婆婆看上去不像富人也不像贵人，这条丑陋的狗也不像什么宠物，丹丹还是很客气地问："婆婆，你是要托管这条狗吗？"老婆婆捂着嘴咳嗽了几声，虚弱地说是。丹丹给老婆婆倒了杯茶，和她聊了一会儿，得知她老人家姓陈，就叫她陈婆婆。她的狗叫黑豆。

临走，陈婆婆颤颤巍巍地掏出一个小塑料袋，里面是一些皱巴巴的零票子，她数出六十块钱后，袋子几乎空了。她把六十块钱交给丹丹，丹丹解释说，现在不用付钱，等来把黑豆领走的时候再付钱，但陈婆婆坚持要先付钱，丹丹只好收下了。

按照丹丹他们的收费标准，狗的托管费是每小时十块钱，每天六十块，每个月六百块。陈婆婆交了六十块钱，丹丹想，那肯定就是托管一天了。

但是第二天，陈婆婆没有来领黑豆。

第三天，陈婆婆也没有来。一般来托管宠物的都留有电话，这个陈婆婆没留电话，也没法和她联系。

一个星期过去了，陈婆婆还是没有来。

第八天傍晚，丹丹和同学带着黑豆和另外几条狗到外面散步，想让狗们放放风，谁知出门没多久黑豆突然往前冲去，丹丹一不留神没拉住，赶忙跟在后面追。一直追到老街，黑豆拐进了一条小巷，七拐八拐之后，把丹丹带到一间小屋前。黑豆抬起前爪推门，门没锁，一推就开了。

地上躺着一个人，正是陈婆婆，一动不动，不知是死是活。丹丹壮起胆子用手在老人家的鼻子前试了试，还有呼吸，于是赶紧把她抱到了床上，然后打了120。

医生来后，很快救醒了陈婆婆，陈婆婆不肯去医院，医生说不住院也行，但要好好调理身体。医生走后，陈婆婆才看见黑豆，她眼里闪过一丝惊喜，随即又很紧张地对丹丹说："你怎么把黑豆带来了，会让人看见的。"

丹丹把黑豆自己跑回来的经过说了一遍，然后不解地问，为什么怕别人看见。

陈婆婆喃喃地说："我不能养狗，你赶快把黑豆带走吧。"

丹丹心里很纳闷，看陈婆婆这一贫如洗的样子，哪能付得起托管费呢？当然，她不好意思直接说，于是问道："陈婆婆，难道你准备把黑豆一直放在我们那里托管吗？"

陈婆婆说："我不是已经付了一个月的钱吗？一个月后再说吧。"

丹丹惊讶地说："你只付了六十块钱，只能托管一天，一个月的托管费是六百。"

现在轮到陈婆婆吃惊了："一个月六百！我还以为是六十呢。"

说着说着，她竟然流出了眼泪。丹丹慌了，连忙掏出纸巾给她擦眼泪，边擦边说："陈婆婆，你别难过了，我帮你照看一个月的黑豆，不要你的钱了。"

丹丹是头一回遇上这样的情况，她心里充满了疑问，陈婆婆为什么不能养狗，为什么怕别人看见？丹丹知道，这里是老城区，居民养狗不需要办什么证。

陈婆婆大概看出了丹丹的疑问，她用手背擦了擦眼睛，告诉丹丹，她原本有个儿子，在二十岁那年得了一场怪病，为了给儿子治病，他们欠了很多债，但还是没有保住儿子的生命。五年前，老伴又丢下她撒手西去。她没有工作，老了没有退休金，一直靠在汽车站卖茶叶蛋维持生活。黑豆是三年前她捡回来的流浪狗，这三年来，她和黑豆相依为命。今年，她身体越来越差，连茶叶蛋也卖不了了，眼看吃饭的钱都没了，没办法，她就去找居委会，想申请低保。居委会说她的情况可以享受低保，但必须把黑豆送走，因为低保政策里有明文规定，家庭中饲养宠物（包括狗），不能纳入低保范围。可是，她实在舍不得，所以就把黑豆偷偷送到丹丹那托管，想等低保手续办好了再把黑豆接回来。

丹丹听了这些情况之后，很是同情，她叫陈婆婆不要为黑豆担心，她愿意免费照看黑豆，直到低保手续办好。

丹丹把黑豆带回了宠物托管所。

两个月后，陈婆婆高高兴兴地来接黑豆，她说手续都办好了，以后每个月就能领到一百八十元生活费了，再也不用为吃饭发愁了。丹丹也为陈婆婆感到高兴，并把六十块钱退给了她。

临走，陈婆婆谢了又谢。

转眼又过了两个月，有一天，丹丹偶然在一个菜场又碰到陈婆婆，她正在捡别人不要的肉和菜。丹丹上前打招呼，关切地问："陈婆婆，每月一百八十块，不够吃饭吗？"

陈婆婆叹了口气说："低保费我没领到，必须把黑豆送走才能领到钱。算了，我不要那个钱了，我和黑豆捡东西吃也能活命。"

丹丹听了，很是气愤，什么世道，该坚持原则的地方不坚持，不该坚持原则的却偏要坚持，在一个孤老婆婆身上官僚算什么本事。丹丹怀着打抱不平的心让陈婆婆带她去找居委会。她以为凭着她的口才会把居委会的人说得无地自容，没想到那些人根本不睬她。他们主任反而说陈婆婆："政策是这样规定的，我们也无能为力。不就是条狗吗？你怎么就舍不得扔掉呢？"陈婆婆反问道："如果让你扔掉你的孩子你舍得吗？"主任说："当然舍不得，狗和孩子怎么比呢？"陈婆婆一个字一个字地说："黑豆就像我的孩子一样。"说完拉着丹丹出了居委会。到陈婆婆的小屋里坐了会儿，丹丹提出把黑豆放她那里，就说送人了，等领了几个月的钱，别人不再那么注意了，再让黑豆回来。陈婆婆说，这不行的，居委会的人不会轻易相信的，她又不会说谎，一说谎人就发慌，很容易让人看出来。丹丹只好作罢，偷偷留了一百块钱在陈婆婆的枕头底下。

回家后，丹丹仍在想着陈婆婆的事，一个老人这样过下去总是不行的，得给她想个办法。丹丹和她的同学想了一晚上，终于想出了一个不是办法的办法，那就是把黑豆偷来，不让陈婆婆知道，她以为黑豆丢了，肯定会难过，有的情绪是装不出来的，别人也就不会再怀疑什么了。等过几个月，再偷偷把黑豆送回去。

说干就干，丹丹第二天就去了趟老街。黑豆认识她，乖乖地跟着她走，很容易就让丹丹“拐骗”成功。

偷来黑豆后，丹丹每隔几天就要去看看陈婆婆，有时看着她那么难过，丹丹真想告诉她真相，但想到她不会装，不会说谎，还是忍住了。

一个多月后，陈婆婆终于领到了低保费，但丹丹还是不敢把黑豆送回去，这样做太明显，如果让人发现，可能陈婆婆又领不到钱了，还是再过一段时间保险些。

就是这时，发生了一个意外，黑豆抓伤了一个有钱女人托管的癞蛤蟆，这个女人是个很难说话的人，因此丹丹很着急，担心她会不依不饶。没想到当这个女人看到黑豆时，不但没发脾气，反而开心地叫起来：“呀！这只狗长得太好玩了，这是什么品种啊？哪里有得卖？”她很大度地说，只要丹丹帮忙买只这样的狗，她就不追究癞蛤蟆受伤的问题了。丹丹说恐怕买不到这样的狗。那个女人说，那就想办法把这只狗买来。丹丹说，这是别人的狗，不会卖的。女人说，不然怎么叫你想办法呢，多给点儿钱就是了。

女人执意要买黑豆，居然把价钱出到了五万。丹丹不由动了心，她想，不如替陈婆婆把黑豆卖了吧，有了五万块钱，陈婆婆的生活就有了保障，没有低保也没关系了，可以再买条几十块钱的狗陪她。反正陈婆婆以为黑豆丢掉了。

那个女人真的用五万买走了黑豆。拿到钱后，丹丹很高兴地去找陈婆婆，一开始她没敢说是卖黑豆的钱，就说是一个好心人捐赠的，但陈婆婆坚持不肯收，没办法，丹丹这才说出前因后果。

陈婆婆先是一愣，随后很兴奋地说，原来黑豆没丢啊。她让丹丹把钱还给人家，把黑豆要回来。丹丹想劝说陈婆婆收下钱再买只狗，但陈婆婆非常固执，一定要退钱要回黑豆。丹丹只好去找那个女人，哪知那个女人也固执，坚决不肯退。丹丹又去找陈婆婆商量，陈婆婆还是态度坚决，这让丹丹非常为难，心里不由有些埋怨陈婆婆，不就是一条普通的狗吗，再买一条不是一样可以陪她吗？

由于协商不好，丹丹心里很烦，觉得自己这是自找麻烦。晚上她把事情和父母说了，语气中不觉有些埋怨陈婆婆。她妈妈安慰她说："也不怪陈婆婆，她把黑豆当成自己的孩子一样，自己的孩子长得再丑也是好的，是任何其他的孩子代替不了的，又怎么舍得拿去卖钱呢？"

母亲的开导让丹丹终于理解了陈婆婆的心情，但人家坚决不肯退还黑豆她也没办法。无奈之下，丹丹决定把自己告上法庭，请法官判决她卖掉黑豆是不合法的，因为她不是狗的主人。

这起自己告自己的官司引起了当地媒体的注意，眼见事情要闹大了，那个女人主动退还了黑豆。

现在问题又来了，陈婆婆如果要想继续领低保，那么她是不能养宠物的，这又该怎么办呢？居委会再次觉得为难。

这时，当地电视台在《百姓故事》这个栏目中播出了陈婆婆的故事，节目最后给观众出了一道题，请大家用手机短信参与投票，黑豆应不应该属于宠物？ A. 黑豆是宠物；B. 黑豆不是宠物。

第二天，电视台把他们的统计结果告诉了陈婆婆所在的居委会，节目播出后共收到 103655 条短信，是这个节目开办以来收到短信最多的一次，这 103655 条短信的答案都是：B. 黑豆不是宠物。

# 引魂之花

下班后，一出公司，赵曼珠就被一片刺眼的红色吸引住了。那是一车奇特的花，大大的花朵长在直直的花茎上，那么红，那么妖艳，美得让人恍惚。

好些人围着卖花的大嫂，问这是什么花，为什么没有叶子。大嫂说，这是传说中的引魂之花，名叫曼珠沙华，也叫彼岸花，据说它的花香能唤起人对前世的记忆。至于它为什么没有叶子，里面还有个美丽的传说。

在很久以前，守护彼岸花的是两个妖精：一个是花妖，叫曼珠；另一个是叶妖，叫沙华。他们守护了几千年，却从未见过面。在花开的时候，看不到叶子；有叶子的时候，又看不到花。花叶两不相见，生生相错。他们疯狂地想念彼此，终于有一天，他们违背神的规定偷偷见了面。那一年，红艳艳的彼岸花被惹眼的绿色衬托，格外妖冶美丽。神怪罪下来，曼珠和沙华被打入轮回，并被诅咒永远不能在一起，生生世世在人间遭受磨难。每一次转世，曼珠和沙华闻着彼岸花的香味，就想起了前世的自己，发誓不分开，在下一世再跌入诅咒的轮回。

大嫂的口才很好，讲得声情并茂，把围观者都说动了心，纷纷掏钱买花。

赵曼珠也听呆了，守护的花妖竟叫曼珠，和她同名，多么巧啊！她买了一盆最大的花，高高兴兴地回家了。她把花放到卧室的窗台上，又看了很久，仿佛自己就是那传说中美丽的曼珠。

第二天早上，赵曼珠发现，曼珠沙华的花瓣上好像有黑点点，凑近一看，不由得吃惊地张大了嘴巴。那是丝状的花瓣上长出的汉字。她数了数，一共有四个花瓣上有字，都是同一句话：“我的曼珠，你在哪里？”

真奇怪，花瓣上怎么会长出字来呢？

昨天她买花时，还有几个同事也买了。于是，上班后，她去问那几个同事，同事们都说花瓣上没有长出字来。中午休息时，大家就一家一家去看，别人买的花确实没有长字，就只有赵曼珠的花上长出了字，但同事们都不相信，说是赵曼珠自己写上去的。

赵曼珠倒不在乎别人的说法，只是觉得太不可思议了。自己叫曼珠，偏偏只有自己买的花长出字来，难道这种花真和自己有什么特别的关系吗？

下午下班后，卖花的大嫂又来了。赵曼珠就问她，花瓣上为什么会长出字来。

大嫂很惊讶：“这怎么可能？我卖了好几年花，从未见过花会长字呀！”她告诉赵曼珠，花是批发来的，种花的老板姓李，住在郊区十九里。

赵曼珠有驾照，她借了辆私家车，请大嫂带她去见李老板。等她们来到十九里，天还没黑。

李老板看上去不到四十岁，一脸儒雅。他看见赵曼珠，顿时愣住了，半晌才回过神来，不好意思地笑了：“对不起，我失态了。

你太像一个人了。"

李老板热情地带赵曼珠参观花圃。赵曼珠问，为什么她买的花会长出字来。

李老板很兴奋："原来那盆花是让你买去了，我天天在想，那盆花会让谁买去呢？"他说最近经常做梦，梦到一个很喜欢的女孩。他给这个女孩取名曼珠，他希望世上真有这样一个女孩。有一天醒来，他就用药水在一朵花上刻了一句话："我的曼珠，你在哪里？"

说着，李老板用异样的目光盯着赵曼珠："你相信缘分吗？千千万万朵花，我就刻了一朵，而那朵花却让你买去了，而且，你长得很像我梦里的女孩。"

见赵曼珠疑惑，李老板就带她进了花圃旁的房子，从抽屉里拿出一个本子，递给了她。赵曼珠翻开本子，顿时惊呆了，本子上是一幅幅简单的女孩画像，寥寥几笔，但能看出来，确实很像她。她的心咚咚乱跳，有点结巴地说："我的名字……就叫曼珠。"





李老板很惊讶："不会这么巧吧？"

赵曼珠的脸红了，为了掩饰心乱，随口问道："李老板，还没请教你的大名呢？"

李老板掏出名片，说："我叫李沙华。"

赵曼珠接过名片，看着"沙华"两个字，更有一种异样的感觉：天哪，这男人居然叫沙华。曼珠沙华，难道真是前生注定的缘分？

李老板又说："你知道吗？关于曼珠沙华，有个美丽的传说。"

赵曼珠说知道。李老板说他偶然从网上看到这个传说，很有感触，因为自己叫沙华，所以给梦里的女孩取名曼珠，没想到，世上真有这样一个曼珠。

李老板用异样火热的眼神看着曼珠，说："我这样说话是不是太冒昧了？今天虽然是第一次见面，可我感觉我们相识很久了，好像在上辈子就见过。”

赵曼珠的脸更红了，心里有只小鹿在乱跳，她也觉得好像跟这个男人上辈子就认识了。

爱情来得这么突然，这么浪漫，赵曼珠一下子就跌了进去，每天容光焕发，除了甜蜜还是甜蜜。半年后，她发现自己怀孕了，孩子当然是李沙华的。在一次缠绵后，她对李沙华说：“沙华，我们结婚吧。”

李沙华温柔地搂着她说：“我也想结婚，可我怕你家里不同意。毕竟我比你大十五岁，又离过婚。”

赵曼珠在李沙华耳边轻轻骂道：“笨蛋！我怀孕了，你要做爸爸了。”

李沙华愣住了，好半天才说：“真的吗？确定了？”

赵曼珠撅着嘴说：“当然是真的。怎么啦？你不愿要孩子？”

李沙华苦笑一下，忧虑地说：“我当然想要孩子，只是我们还没结婚啊！”

赵曼珠说没关系，可以马上结婚。她要李沙华第二天就去见她父母。李沙华说太仓促了，还是改天吧。

后来赵曼珠又提了几次，李沙华总是找借口不去。最后，赵曼珠忍无可忍，哭了起来，说李沙华根本不爱她，否则怎么不肯去见她父母。

李沙华急了，说：“正因为太在乎你，我才不敢去见你父母。我怕他们反对，我怕失去你！”

赵曼珠发誓，无论家里怎么反对，她都不妥协。沙华这才答应去。

周一下班后，李沙华来接赵曼珠，一起去她家。到了门外，李沙华又紧张起来，抱住曼珠，轻声说道：“答应我，不管发生什么事，不管你家里怎么反对，你都不要在乎我以前的婚姻，不要离开我，好吗？”

两人在门口磨蹭了半天才进门。赵曼珠的父亲是工商局局长，工作忙，还没下班，只有母亲在家。看得出，她母亲对李沙华还算满意。虽说李沙华比赵曼珠大十五岁，可他显年轻，不像三十八岁的人。

等他们吃过晚饭，赵局长才匆匆赶回家，一见李沙华，脸上立即僵住了。他把赵曼珠拉进房间，问清她要和李沙华结婚后，坚决反对这门婚事，要她和李沙华一刀两断。

赵曼珠自然不肯，说非李沙华不嫁，还详细地讲了两人相识的经过，包括那个曼珠沙华的传说。

赵局长冷笑：“曼珠，你太天真了！姓李的在骗你，这肯定是他设定的圈套。我早就认识他了，他不叫李沙华，而叫李少华，以前也不是种花的。”

赵曼珠说：“他就叫李沙华，我看过他的身份证呢。”

“我会揭穿这个骗子的，你一定要离开他！”赵局长气鼓鼓地走出房间，要把李沙华赶出门。

赵曼珠强硬地说：“你要是赶他走，我就跟他一起走。我已经有了他的孩子！”

赵局长愣住了，在这一瞬间，他仿佛苍老了许多。不过，他很快把赵曼珠拉了过来：“只要爸爸活着，就不准你嫁给这个男人！他是玩弄你，他不是真心喜欢你。”

最后，李沙华还是被赶走了。赵曼珠被锁在房间里，她又哭又闹，赵局长一点儿也不心软。

第二天下午，赵曼珠才被放出来。见送进房的东西她一点儿没吃，赵局长心疼地说：“你先吃点儿东西，然后我告诉你真相。

如果你知道了真相还要嫁给姓李的，我也没办法。”

赵曼珠见父亲神情严肃，就乖乖地吃了点儿东西。吃完后，赵局长带她去了公安局户籍科。他们查了李沙华的户籍档案，李沙华以前果然叫李少华，是在认识赵曼珠前才改了名。

赵曼珠说：“不就是改了名字吗？这也不能说明他是为了骗我才改的。”

赵局长叹了口气，说：“好，那我再带你去见一个人。”接着，他们去了一个高档小区，进了一幢单元楼。赵局长用钥匙打开了一个房门，一个三十多岁的漂亮女人就从房间里走出来，很自然地接过赵局长的包。看来，他们的关系非同一般。

赵局长说：“曼珠，我不再瞒你了，她是我的情人，是李少华的前妻。她为了跟我，才和李少华离婚了。李少华为了报复我，举报我受贿，事情被我摆平了。他不甘心，所以又设计勾引你。”

赵曼珠目瞪口呆，连声说：“我不相信，我不相信！你肯定是骗我的。”

赵局长见赵曼珠不信，就按了免提，拨通李沙华的电话，说：“我把你老婆还给你，你放过我女儿好不好？”

电话里传来了李沙华冷冷的声音：“你现在后悔了？可惜晚了，我就是要跟曼珠结婚。当年，你逼我们送礼，后来又占了我老婆，你……”

赵曼珠心碎了，她扑到电话前，哽咽着说：“李沙华！原来你真的在骗我！”

“曼珠，你听我说，现在我是真的喜欢你。”

赵局长在一旁说道：“曼珠，你别再相信他！”

赵曼珠泪流满面，她按断电话，转身对父亲说：“我恨他，也恨你！”然后哭着跑出去。虽然现在是春天，可她觉得透心的凉。

刚出小区，赵曼珠的手机就响了，是李沙华打来的，她没接。李沙华随即发来一条短信：“曼珠，请你给我解释的机会。”

赵曼珠决绝地回复：“没什么好解释的，我这就去医院打掉孩子，从此我们一刀两断。”

回复短信后，她关掉手机，打车去了妇幼保健医院。

到了医院，排了很久的队，终于轮到赵曼珠了。她又犹豫起来，真的要打掉孩子吗？这可是自己的第一个孩子啊！她虽然恨李沙华，但还是爱他的，就算得不到他的真心，得一个孩子也是好的。这么一想，赵曼珠就后悔了，她撕掉挂号单，跑出了医院。

赵曼珠游荡到天黑，才打开手机，发现有很多条短信，都是李沙华发来的。她看到最后一条，不由得愣住了：“沙华为了去找你，出车祸了，在人民医院。我是他姐姐。”

对李沙华，赵曼珠气他、恨他，可一听他出了车祸，她的心就全软了，立即打车赶到人民医院，找到了李沙华的病房。李沙华已经做完手术，睡着了，那个卖花的大嫂正在照顾他，原来她是李沙华的亲姐姐。

李沙华的姐姐讲了很多，赵曼珠才知道，自己的父亲做了那么多不应该的事，有那么多人憎恨他。

李沙华醒了，见赵曼珠在，激动得要坐起来，却动不了。他请求赵曼珠原谅，一开始他确实想利用赵曼珠来报复赵局长，可和赵曼珠接触后，发现赵曼珠是那么善良纯真的一个人，渐渐地就真的爱上了赵曼珠，而且，他觉得自己和赵曼珠真的是前世有缘，虽然他的名字是改过的，但少华和沙华，不过是少了三点水。他越来越矛盾，想过把真相告诉赵曼珠，却实在没勇气。他认为赵局长虽然会反对他和曼珠的婚事，但不会说出真相，没想到赵局长为了女儿，竟把自己有情人的事也说了出来。

赵曼珠相信李沙华的话，心里已经原谅他了，但是，他和自己的父亲却是敌人，所以她为难地说："只怕我们之间是不可能了。我爸爸不管对别人多坏，总归是我爸爸。他爱我疼我，把我当心肝宝贝……"

李沙华说："我明白。"他沉默许久，轻轻对他姐姐说了几句话，他姐姐就走了。一个小时后，他姐姐又回来，带来了一个牛皮纸包。

李沙华写了封信放进包里，然后用胶布封好，交给赵曼珠。他说："你把这个交给你爸爸。我想，他应该相信我是真心对你，不会再反对我们了。"

赵曼珠问里面是什么东西。李沙华说："这你就别管了。只能给你爸爸，连你妈妈都不能告诉，你也不准偷看。"

夜里十一点，曼珠回到家里。她母亲什么也不知道，早已睡了。父亲还在客厅等她，要跟她好好谈谈，让她趁早把孩子拿掉。赵曼珠和父亲争辩了很久，没有说服父亲，后来她想到了李沙华给的纸包，就拿了出来。

赵局长打开来看，先看了李沙华写的信，脸色一变，就拿着纸包进书房去看了。半小时后，他走出来，态度来了个一百八十度的大转弯，说同意赵曼珠继续跟李沙华交往，现在，他相信李沙华是真的爱曼珠的。

第二天，赵局长还去医院探望李沙华。在李沙华出院后，赵局长主动请他来家里吃饭。赵曼珠的母亲说，她也喜欢曼珠沙华，让李沙华多带一些来，她要种在阳台上。

赵局长对李沙华非常热情，吃饭时不停劝酒。赵曼珠虽然高兴，却很好奇：李沙华到底给了父亲什么东西，让父亲的变化这么大。

赵曼珠正想问李沙华，突然，她父亲呕吐起来，还出现了痉挛的症状。送到医院后，医生说可能是食物中毒。这时候，赵曼珠和母亲以及李沙华都开始呕吐。赵曼珠的母亲想起来了，曼珠沙华没种完，剩下的球茎都放在厨房里。赵曼珠的父亲帮忙洗菜切菜，会不会把那些球茎当成菜，配到菜里去了？

李沙华吓了一跳：那就糟了，球茎可是有毒的。医生化验了呕吐物，里面果然含有利克林毒，正是曼珠沙华所含的毒素。

赵曼珠母女和李沙华中毒较轻，很快就康复了。只有赵局长中毒严重，抢救无效，死了。

在停丧期间，李沙华的前妻，也就是赵局长的情人也来了。她很悲伤，引起了赵曼珠母亲的疑心，她把那女人拉到一边，问她是什么人。那女人倒也敢作敢当，承认自己是赵局长的情人。

赵曼珠的母亲怒火中烧，把那女人赶走了，还不解恨，见赵曼珠哭得伤心，就歇斯底里地大叫："别哭了，他死了活该！他该死！你知不知道，他本来想毒死沙华，没想到却毒死了自己！"

赵曼珠大吃一惊："妈，你是不是疯了？"

母亲这才告诉赵曼珠，她父亲说李沙华有他受贿的证据，足以让他判死刑，李沙华正是以此威胁。她父亲不敢得罪李沙华，又不甘心把曼珠嫁给他，才假装先同意李沙华跟曼珠的婚事，然后故意让李沙华拿那花的球茎来。他早知道那东西有毒，但吃少量不会毒死人，所以就混到菜里炒，让大家都中毒，不致引起别人怀疑。其实，他早准备了类似的毒素，下到了李沙华的茶里，不知哪里出了错，结果毒死了自己。

赵曼珠顿时脸色苍白，是她无意中把父亲和李沙华的茶杯调换了一下。这么说，是她害死了父亲。赵曼珠伤心欲绝，打电话质问李沙华："你太卑鄙了！原来你是威胁我父亲，让他同意我们的婚事。你这是真心喜欢我吗？"

李沙华大叫冤枉。他说曾举报过赵局长，当时没有多少实质证据，所以没有成功。等他想方设法搜集到有力证据时，却因为爱上了曼珠，一直犹豫着没有行动。那天，为了表明他的真心，才把证据拿出来，让曼珠转交给父亲，并写了一封信，表示不会再上告了。

赵曼珠半信半疑，她搜遍了父亲的书房，终于在暗柜里找到了那个纸包。里面果然是父亲违法的证据，还有李沙华写的那封信：

> 赵局长，让我们都忘记过去好不好？我放弃仇恨，放弃尊严，放弃原则，因为我舍不得放弃曼珠。我是真心爱她，请成全我们。我不会再告你了，这些证据都交给你。

赵曼珠哭了，原来沙华不是威胁，而是为了她委曲求全，但父亲为什么还要害他呢？李沙华说，也许是担心他手里还有证据，其实他真的都交出来了。

赵局长安葬后，赵曼珠的姑姑交给她一个存折，里面有几百万元，开户人是姑姑。姑姑说："这些钱都是你爸爸的，密码就是你的生日。"赵曼珠明白了，难怪父亲会那么害怕。

赵曼珠偷偷把钱都捐出去了。她嫁给了李沙华，在结婚前，李沙华又把名字改回少华，因为那个曼珠沙华的传说不吉利，改回少华，至少不再有眼泪了。

因为太爱，所以迷信。

# 谁是谁的希望

## 一、女儿失踪

苏异萍累了一下午，拖着疲惫的身体回到租来的房子，准备给女儿做晚饭，推开门，却不见女儿的身影，不禁有些奇怪，女儿从来不出去玩的，做完作业就练琴，今天这是去哪里了呢？

很快，苏异萍在书桌上发现了一张纸条：“妈妈，我有事回家一趟，我知道如果和你商量，你肯定不会同意，所以我只好先斩后奏了。”

苏异萍的女儿名叫云楠，今年十六岁，从她六岁学小提琴起，苏异萍就一直陪读，已经陪了整整十年。一开始是在家乡的音乐附小，苏异萍还可以兼顾工作，小学毕业后云楠考取了这所全国有名的音乐附中，因为年龄小，苏异萍不放心她独自在外，就辞了固定的工作，来到这座繁华的大都市陪读。这里消费高，学费也高，苏异萍的老公是个部门经理，虽然收入还算可以，但如果靠他一个人挣钱维持这种陪读生活还是不怎么宽裕，何况还要攒女儿上大学的费用呢。因此，苏异萍在陪读的同时千方百计地找事做。快四十岁的女人，在这座人才济济的大城市本来就难找到事做，她又要考虑照顾女儿的一日三餐，这工作就更难找了，最后只得做了钟点工，同时兼了好几家，每天忙得像陀螺一样转。云楠是个懂事的孩子，她知道母亲的辛苦，因此学习很努力，节假日都不出去玩。不知道这次有什么重要的事她非要回家，这一来一回至少要耽误两天的时间，女儿可从来没舍得缺过一堂课呀，到底什么事如此重要呢？

苏异萍想来想去想不明白，她也无心做饭了，想打电话给老公沈浪，叫他去火车站接女儿，因为回家的车每天只有一班，是凌晨四点到，不比白天，苏异萍觉得不放心。

苏异萍先打老公的手机，关机，再打家里的电话，没人接，这也不奇怪，沈浪工作很忙，经常要加班。于是，苏异萍又往沈浪的单位打电话，还是没人接。

这天晚上，苏异萍一直没和老公联系上。

第二天早上八点，苏异萍终于打通了老公的手机，她有些生气地问："你昨晚哪去了？家里电话没人接，手机不开。"

"我就在家里啊，最近太累，一直加班，昨晚想好好睡一觉，就把手机关了，把电话也拔掉了。"沈浪在电话里笑嘻嘻地说，"怎么？老婆大人是不放心要查岗，还是想我了？"

苏异萍有些不相信地问道："你真的在家里？那楠楠到家了吗？"

沈浪显然觉得很意外，"楠楠？没有啊！她一个人回来的吗？"

苏异萍把情况大概说了一下，让沈浪赶紧去火车站看一看火车有没有晚点。

沈浪没有耽搁，立即去问了，火车只晚点了十几分钟。苏异萍听了很着急，为什么楠楠还没到家？沈浪安慰她，楠楠不一定就坐了这趟车。苏异萍分析说，每天只有下午四点十分一班车，楠楠昨天下午只有两节课，应该三点四十五就放学了，正好可以赶上，她肯定是坐这趟车，不然这一夜她去哪里了呢？沈浪说，也可能坐汽车了。苏异萍说不会，因为这几年她们都是坐火车，没坐过汽车。再说汽车每天也只有一班，是早上六点发车，楠楠不可能在下午离开家。

这一说，沈浪也有些着急了，但他比苏异萍理智，“你别急，也许楠楠回来后先去了哪个同学家吧。我去找她的同学问问。你也去问问她那边的同学，看有没有人知道什么情况。”

于是两人分别行动，苏异萍心急火燎地到了楠楠的学校，楠楠的班主任告诉她，楠楠请了两天的假。楠楠的同桌证明，楠楠确实上了那趟车，因为她是本地人，她有个亲戚在火车站工作，是她代楠楠订的票，然后又陪楠楠去拿票，并送她上了车。

但是，沈浪那头却不妙，他问遍了亲朋好友和楠楠的同学，都没有见到楠楠。

听沈浪一说，苏异萍当时就哭了。沈浪仍是往好的方面想，他说，也许楠楠在车上睡着了，坐过了站。苏异萍说：“如果是坐过了站，那下车后她也应该给你或给我打个电话啊，她就不怕我们着急吗？”沈浪说，毕竟是个孩子，有时哪考虑得那么周全。

可是，三天过去了，楠楠仍没一点儿消息，苏异萍终日以泪洗面，她不停地责怪自己，认为是自己没看好女儿。沈浪也万分后悔，那天晚上不该关了手机拔了电话。

苏异萍几乎崩溃，沈浪也一下老了许多，他请了假，夫妻俩一起，全身心地寻找女儿。

## 二、寻找女儿

偌大一个中国，寻找一个不知去向的人，无异于大海捞针，就在苏异萍夫妇一筹莫展时，楠楠打来了电话，只一句“妈妈，别担心”就把电话挂了。苏异萍的心总算放下了一些，看来电区号，正是自己的家乡，她回拨过去，是个男人接的，他说这是公用电话，刚才打电话的女孩已经打的走了。

苏异萍又给自己的母亲打电话，楠楠的事还瞒着老人家，苏异萍觉得不能再瞒了。母亲听了，慌得请人去寻找，她让苏异萍别太着急，说只要楠楠在这座城市，她一定想办法把楠楠找到。

挂了电话后，苏异萍立即坐车回自己的家乡。沈浪本想和她一起去，被她劝住了。女儿既然打了电话来，就说明没有危险，而他的工作很忙，如果请假太多，恐怕连职位都保不住，再说那是自己的家乡，有亲人可以帮忙。

苏异萍的娘家在另一座城市，说远不算远，说近也不算近，九个小时的火车。

坐在开往故乡的火车上，苏异萍思绪万千，她已有一年多时间没回去看自己的母亲了。一转眼，就到了上有老下有小的年纪，可自己的精力都放在小的身上了，对老的又照顾了多少呢？

苏异萍年幼的时候，她父亲就被批斗致死，是母亲一个人含辛茹苦地把她养大，为了好好地培养她，也因为怕她受委屈，母亲拒绝了好几个男人的求婚，直到她上了大学，母亲才找了个伴。她毕业后随沈浪去了沈浪的家乡，不久两人就结了婚，第二年就生了楠楠。工作、家庭、孩子，样样拖着她，一年到头，她难得回家看一下母亲。这次若不是为了找楠楠，她可能还没有时间回来。想到这里，苏异萍心里很是歉疚。待见到母亲时，看着母亲新添的白发，她一时竟然忘了楠楠，倒是母亲着急地说：“哎！还是没有楠楠的消息，这孩子，也不知到底躲在哪里，她难道就不想我这个外婆吗？到了这里竟然不来看我。”

苏异萍安慰母亲："急也没用，她肯定还会和我们联系的。"

果然，第二天晚上楠楠就打了电话过来，又是一句"妈妈，我很好,你不要担心"就把电话挂了。看来电号码,是省城的区号。

苏异萍又赶到省城，她是在省城上的大学，当年有不少同学毕业后留在了省城，因此，在省城苏异萍颇有几个故交。

老同学相见，自然亲热无比，感慨万千。听说苏异萍是来找女儿的，大家各显身手，把全市大小宾馆旅舍翻了个遍，也没发现楠楠的影子。苏异萍不好意思再麻烦大家，便说不必再找了，还是等孩子的电话吧。

然后，苏异萍和几位同学一起去拜访了母校的老师。没想到几位老师竟然都还记得苏异萍,这让苏异萍非常感动。一位老师说："我们怎么会不记得你呢，你可是当年全校有名的才女啊，书法和摄影很有个性，我至今还保存着你的字和你偷拍我的照片。"



走在校园里，想起当年的风光和豪情，苏异萍正在黯然神伤，手机响了，是楠楠打来的，"妈妈，我知道你正在这座城市四处找我，不要再找了，到时我自然会回去的。"



"楠楠，你到底要做什么？"

"我想看看你生活过的地方，走你走过的路。妈妈，我知道你为我付出了很多,你很累。自从我出世后,你就把全部的爱给了我，把全部的希望放在了我的身上。可是妈妈，你想过没有，我也很累,我怕自己没出息对不起你。上了高中后,我本不想你再陪读了，可你坚持要陪读……"

苏异萍有些寒心，"这么说，我为你做的一切你不但不领情，反而怪我是不是？你就用这么激烈的方式来表示你的抗议。"

楠楠在电话里小心地解释："妈妈，我离家出走不是为了抗议，我是真的承受不起，我希望你不要再陪读了，我希望你不要把你的希望都寄托在我的身上。妈妈，你有没有想过，你身上也寄托了外婆的希望，你也是大学毕业生，你的希望为什么不自己去实现呢，为什么要全部放在我的身上呢，妈妈，我真的承受不起。”

苏异萍心里说不出的滋味，她叹了口气对楠楠说：“可是妈妈已经没有退路了，妈妈已经陪了这么多年，还有两年多你就要高考了，我怎么能在这么关键的时候放弃呢？你在哪里？我现在就过去接你，立即回学校去，你已经耽误了太多的课程。”

楠楠倔强地说：“如果你还要陪读，那我不回学校，你不要来接我，我自己回家，你也回家吧，我们回家再谈。”

楠楠把电话挂了。

苏异萍收起手机，一个人在母校的校园里坐了很久很久，前尘往事，一起涌上心头。

听说她要走，老同学们摆酒为她送行，看着这些当初成绩不如自己的同学，如今一个个春风得意，而自己一事无成，苏异萍心里就觉得特别郁闷，她喝了很多很多的酒。

## 三、内忧外患

苏异萍回到家，女儿还没有回来，她只有等待。

她到家的第二天，楠楠打来了电话，看号码就在本市。苏异萍问女儿，为什么不回家。云楠说，除非答应不陪读她才回家。苏异萍说这不可能。

母校一行让她很受刺激，现在，她什么都比别人差，就只孩子比别人的孩子强了，所以她一定要陪读到底。她要楠楠为她争口气。楠楠说她这是懦弱，人应该自己靠自己，自己的气应该自己争。没想到女儿这样教训自己，苏异萍很生气，母女俩越说越僵，最后楠楠说："告诉你，妈妈，我有男朋友了，我现在就和他在一起，我不读书了，不学什么小提琴了，反正女孩子上了大学最终也是结婚生孩子，然后把希望都放在孩子身上……"

苏异萍如遭五雷轰顶，仿佛看见自己的希望城堡像积木一样在瞬间轰然倒塌。自己管得这么紧，女儿竟然还是早恋了，而且还恋得这么严重，怎么会这样啊？

就在苏异萍为女儿的事焦头烂额伤心伤肺时，一位不速之客找上门来，这位不速之客是个年轻的女人，她把一张化验单递到苏异萍面前，说："我怀孕了。"

苏异萍脑子里正一片糨糊，她诧异地说："你怀孕了和我有什么关系？"

年轻女人道："和你是没关系，但和你老公沈浪有关系，我怀的是他的孩子。"

苏异萍气极而笑，"是他的孩子你去找他好了，找我做什么？"

年轻女人说："我来求你放了他……"

这个女人说了很多很多，苏异萍开始还能听懂，渐渐地，她的思维无法集中，呆呆地看着女人的嘴一动一动，像念紧箍咒一样，她觉得自己的头越来越疼，越来越疼。

苏异萍不知道那个女人最后是如何走的，也不知道老公沈浪是什么时候回来的。她望着沈浪的眼睛，问："那个女人怀的孩子真是你的吗？"

沈浪不说话，被她逼急了，终于说了句："对不起！"

对不起！苏异萍惨笑，那就说明是真的了。

沈浪点了一支烟，沉默，当烟燃尽的时候，他交代，那个女人叫吴琦，他们相好半年了。那天就是因为和吴琦在一起不想被打扰，他才关了手机拔了电话，所以楠楠的失踪让他深深地后悔自责，女儿是他的命根子，如果女儿出了什么意外，他承受不起。他一心一意地寻找女儿，痛下决心和吴琦分手，但吴琦不答应。最糟糕的是，就在这时吴琦发现自己怀孕了，她要他离婚和她结婚，他没有答应，她可能急了，就找上门来了。

没有女人在这时候还能够理智，苏异萍尤其不能，因为她没爱过别的男人，沈浪一直是她的唯一。

沈浪知道自己错得严重，低着头，任由苏异萍发泄。后来，终是听得烦了，反问道："难道你自己就没有错吗？楠楠上小学时，我们好歹每星期还能相聚两天，她上了中学后，你去外地陪读，我一个人孤单单地在家。好不容易盼到她初中毕了业，可高中你还是要陪读。初中时她年纪小，不陪不放心，可现在她上了高中，生活应该能自理了，你为什么还非要陪读？三年多了，我们有多少日子在一起？我是个正常的男人啊，我有正常的需要。"

苏异萍觉得万分委屈，提高了嗓门叫道："这么说都是我的错，你还有理了。我还不都是为了楠楠将来有出息吗，高中学习更紧，我是想把她的生活照顾好，让她有更多的时间学习，考上更好的学校。"

两人争吵起来，最后沈浪摔门而去，彻夜未归。苏异萍也一夜没睡，她靠在沙发上默默地流泪，一会儿想着女儿的事，一会儿想着老公的事，想想自己付出了这么多，结果却是女儿不领情老公变了心，为什么会是这种结局，难道真的是自己错了吗？她感到前所未有的失败。

她就这样哭一会儿，想一会儿，想一会儿，哭一会儿，不知不觉天就亮了。也许是眼泪流得太多，她感到很口渴，起身倒水，水瓶都是空的，于是灌了一壶水在煤气灶上烧，自己又回到沙发上靠着。煎熬了一夜，不禁有些困了。迷迷糊糊中，她闻到了煤气的味道，人一下清醒了许多，猛然想到自己在烧开水，肯定是水漫出来把火弄灭了。此时，她完全可以去开窗关煤气，可是，她没有动，因为她不想动，她已经万念俱灰。

在人万念俱灰的时候，死亡是一种美丽的诱惑。

苏异萍拿起笔，在面前的茶杯垫上写了一句话："我走了，我还给你们自由。"

然后，她安静地躺在沙发上，直到自己沉沉睡去。

## 四、柳暗花明

苏异萍醒来的时候，发现自己躺在医院里。首先映入她眼帘的是沈浪的脸，她有些厌恶地看了看他，"你出去，我不想再见到你。"

沈浪有些低声下气地说："我知道是我错了，我对不起你，你现在就不要发脾气了，先把身体养好再说吧。"

苏异萍觉得浑身发软，软得说话都费劲，但她还是说了，"你就不要假惺惺了，我没死掉只怕你很失望吧。"

沈浪叹了一口气，"哎！你要这么想我也没办法，天地良心，如果我盼你死，早上我又何苦救你呢？我们做了十七年的夫妻，你已经是我生命中的亲人了，我怎么会盼你死呢？"

医生告诉苏异萍，确实是沈浪救了她。她的心不由软下来，想想也是啊，沈浪要是对自己没感情，今天就不会救自己，如果自己死了，沈浪正好可以和那个女人结婚，什么问题都解决了。在这种时候，自己怎么能自暴自弃把老公往那个女人身边推呢？

于是，苏异萍语气温柔了许多，问沈浪打算怎么处理和吴琦的事，沈浪却把话题转到了女儿的身上，说先挽救女儿要紧。

两人正商量着，苏异萍的手机响了，她一听是楠楠的声音，便没出声，把电话给了沈浪。

楠楠一听是沈浪的声音，有些奇怪，“爸爸，怎么是你接电话，妈妈呢？”

沈浪故意用万分悲痛的声音说：“楠楠，你妈妈自杀了，现在正在第一人民医院抢救。”

楠楠起初不信，沈浪便叫她打电话到医院来问，她真的打了，医生受了嘱托，故意把情况说得很严重。没过多久，楠楠便哭着来了医院，这一来，她就走不掉了，被送到她爷爷奶奶家软禁了起来。

虽说楠楠的问题还没解决，但毕竟人回来了，一家人总算放心了一些。苏异萍再次问老公，他自己的事情怎么处理。

沈浪便垂了头，说，“请给我时间。”

一边是曾经深爱的患难与共的结发妻子，一边是让他激情澎湃的新鲜情人，说实话，他都割舍不下，何况两边都有他的骨肉呢。哎，要是能娶两个老婆就好了。

苏异萍也知道，不能把老公逼急了，但她又懒得用心思耍手段去抢回老公，她觉得没意思，她任由自己憔悴下去。

出院后，苏异萍不肯再住他们夫妻的大房间，想想在自己的床上，自己的老公曾和别的女人缠绵，她就受不了。她独自搬进了楠楠的房间，楠楠仍在爷爷奶奶家。

第二天黄昏，夫妻俩一同去看楠楠，路上遇上堵车，见没有多远了，他们干脆下了车，往父母家走去。走着走着，苏异萍见老公站住不动了，顺着他的目光望过去，就见吴琦正在不远处和一个年轻男人说话。苏异萍从老公脸上看到了醋意，不由心中一酸，很真诚地对沈浪说：“她和一个男人说话你就吃醋了，你就这么爱她，哎，我还是成全你们算了，我们离婚吧。”

沈浪的脸色有些难看，“那是她以前的男朋友，原来他们还在来往。”

苏异萍觉得好笑，“只许州官放火，不许民家点灯，你凭什么计较啊，人家是单身，想和几个男人来往是她的自由。我现在都后悔结婚前没有多爱几次，和初恋的人结婚实在是一种错误。”

沈浪的脸色更加难看，“你后悔嫁给我了？”

苏异萍道：“我没有后悔嫁给你，我后悔只爱过你这么一个男人。”

沈浪不再说话，到了他父母家，吃过晚饭后，他就借口走了。这天晚上，他没有回家。苏异萍躺在女儿的单人床上，辗转反侧，一夜未眠，她知道，老公肯定是找吴琦去了。

这一夜，她想了很多很多，她累了，倦了，决意放弃。

到了上午，苏异萍正在分拣昔日的照片，沈浪带着几个工人搬了一张崭新的大床回来，替换了他们房间原先的床。工人抬着旧床问，搬到哪里去。沈浪说：“不要了，你们抬到外面丢掉吧。”

苏异萍冷眼旁观地看着这一切，不明白沈浪为何突然换床。

沈浪看看新床，然后走到她身边，像个做错事的孩子一样望着她，低声问：“我们可不可以重新开始？”

苏异萍意外，但不为所动，心想：在我心冷之后回头，可惜晚了，伤口可以愈合，但疤痕永远存在，怎么可以像新的一样开始？

不过想到女儿，苏异萍还是忍了，只要沈浪愿意过下去，她也不想散伙，毕竟是四十岁的人了，经不起折腾。

只是，那个女人怎么办？她肚子里的孩子怎么办？

沈浪眼里闪过一丝受伤的表情，说：“问题已经不存在了，原来她怀的孩子根本不是我的。”

苏异萍觉得更受伤，原来如此！但她脸上没有表露，很快调整好了自己的心态，夫妻久了，不就是合伙过日子吗，何必要为一个情字折磨自己？

因此，当沈浪拥她入怀的时候，她没有拒绝。她配合地靠在他胸前，听他忏悔。

## 五、良苦用心

就在夫妻俩相拥时，沈浪的手机不合时宜地响了起来，他接了后脸色大变，对苏异萍说："是爸打来的，楠楠跑掉了。"

不用说，楠楠肯定是找她那个男朋友去了，苏异萍估计，这个男孩十有八九是楠楠以前的同学，因此他们把目标重点放在了楠楠的同学身上。

但是全家找了一天，一无所获。

掌灯时分，夫妻俩决定回家休息一下，经过楼道口晚报箱时，沈浪见晚报已经送来，就顺手开了报箱，不料里面除了报纸，还有一封没贴邮票的信，信封上写着"妈妈亲启"，是楠楠的笔迹，苏异萍急迫地撕开来看。

亲爱的妈妈：

当你看到这封信的时候，我已经在回学校的路上了。

这些日子让你伤心，让你着急，让你失望了。其实，我没有什么男朋友，那是我编出来的。事到如今，有件事我觉得不能再瞒你了，那才是我离家出走的真正原因。

那天我回家是为了爸爸，因为第二天是他的生日，那天我很想很想爸爸。这几年你陪我在外读书，爸爸一个人孤单单地在家，我想在他生日时给他一个意外的惊喜，所以我就回家了。

火车是凌晨四点多到的，当我高兴地打开家门，竟然看见爸爸和一个女人睡在床上，那一刻，我好伤心，好害怕，我害怕你们会离婚，害怕失去我们的家。

我没吵醒爸爸，我悄悄地又把门锁上了，一个人在门口坐到天亮。

一开始，我生爸爸的气，他怎么可以这样啊。后来我想通了，也不能怪爸爸，三年多了，他一个人在家，多孤单啊。所以我想，我一定不能再让你陪读了，我要让你回家陪爸爸。

我知道，你把一切希望都放在了我的身上，就像一个赌上了瘾的人，押上了自己全部的财产，你把我当成了你人生的一场豪赌，让你在这时放弃，就等于让你认输，我知道，你是不会答应的。于是，我决定离家出走。



一开始几天，我不和你们联系，是为了让爸爸着急，我想，我不见了，爸爸肯定很担心，他肯定就没心思和那个女人好了。

后来，我故意把你引到外婆那里，想让你记起，外婆为你付出的一切，想让你记起，你不只是我的母亲，你也是你母亲的女儿，是你母亲的希望。

我故意去你的母校，想让你记起，你也曾经是才华横溢的女子，难道你就甘心这样整天洗衣做饭抹灰尘吗？

当这些还不能唤醒你，我就故意编出一个男朋友来刺激你，我想让你明白，希望应该寄托在自己身上，不应该寄托在别人身上。如果每个人都把希望寄托在下一代身上，一代寄托一代，那么希望到底由谁来实现呢？谁是谁的希望？自己才是自己的希望啊！

妈妈，人就这么一辈子，没有前生，也没有来世，去做你喜欢做的事，为你自己活一回，活出你自己的精彩。

妈妈，你放心，我已经长大了，我可以住校，我会自己照顾自己的。

不要和爸爸吵架，原谅爸爸。爸爸这件事我本不想告诉你的，可我担心时间越久越麻烦，所以还是说了吧。而且，如果不说出来，我就不能说出离家出走的真正原因，你们就不会相信我真的没有男朋友，你们会把我看得更紧。

妈妈，希望你能明白我的良苦用心，不要再陪读了，你就留在家里吧。

我到了学校给你们打电话。

楠楠

苏异萍看完了信，良久无语。沈浪迫不及待地接过信，看后也是良久无语。

第二天，楠楠果然打了电话来，楠楠的老师也打了电话来，证实楠楠确实回校上课了。苏异萍终于放心了，她告诉楠楠，其实爸爸的事她已经知道了，那次自杀有一半就是为了这件事，现在事情都过去了，她叫楠楠安心读书，她不去陪读了，她会重新开始自己的人生。

## 六、节外生枝

苏异萍在家住了几天后，准备去楠楠那里一趟，把租的房子退掉，把自己的东西带回来。

火车站售票大厅挤满了人，苏异萍东张西望了一下，想看看哪个窗口前的人少些。突然，她看见一个熟悉的身影，那不是吴琦吗？苏异萍悄悄地走近看，果然是吴琦，吴琦正在和身旁的一个年轻女孩说话。

苏异萍听见她们提到了沈浪的名字，不由得脚步就挪不动了，很想听听她们到底在说什么。

那个女孩问吴琦："沈浪的女儿那么厉害吗？你真的舍得离开这里，离开沈浪？"

吴琦有些无奈地说："如果她恶狠狠地骂我还好些，可她是可怜巴巴地求我。她天天打我的手机，如果我不开机，她就往我的公司打电话。"

女孩似乎很疑惑，"她不过是个孩子，而且一直在外地读书，她怎么知道你的电话和你的一些情况呢？"

吴琦说，她也很奇怪，一开始，她以为云楠是受了苏异萍的指使，所以就去找了苏异萍，说自己有了沈浪的孩子，提醒苏异萍不要用孩子来做筹码。可让她没想到的是，苏异萍根本不知道她和沈浪的事。也不知云楠是怎么知道的，而且还知道她有哪些朋友，有的连沈浪都不知道啊。所以她觉得，沈浪有这样一个女儿，太可怕了，她就算嫁了沈浪也不会幸福的。

苏异萍听着这些太吃惊了，原来楠楠还有很多事瞒着他们，苏异萍听得更仔细了，就听那个女孩问吴琦："你就这么输给了一个孩子？"

吴琦摇了摇头，"不完全是，还有，我对沈浪也灰心了，他竟然怀疑我肚子里的孩子不是他的……"

"他怀疑不是，你就说不是，你也太傻了。"

"我只是气话而已，他居然相信了。那一刻，我就当他死了，就当孩子是我一个人的。"

听到这里，苏异萍的心往下一沉，原来这个女人怀的孩子还是沈浪的，听她的意思，孩子还没弄掉，难道她想把孩子生下来吗？如果生下来，这个孩子就是一枚由她控制的定时炸弹，随时会毁掉自己的家庭。

苏异萍很想知道吴琦会不会把孩子生下来，可她们偏不讲，苏异萍只有干着急，最后眼睁睁地看着她们买了票离开。

苏异萍心事重重地到了楠楠那里，问楠楠究竟还有没有事情瞒着自己。楠楠开始说没有，后来还是承认了，那次回家时，她翻了吴琦放在床边的包，翻了她的手机，看了吴琦和她爸互发的短信，从这些短信里，她感觉到爸爸和这个女人不是逢场作戏，是真的有感情，她好害怕失去爸爸，她给吴琦打了很多电话，请吴琦不要抢她的爸爸，求的同时也加了一点点威胁，她利用从吴琦包里和手机里得到的一些信息把吴琦弄晕了。

楠楠低着头说："妈妈，我也不知道自己这样做对不对，我只是想抢回爸爸。"

苏异萍看着懂事的女儿，百感交集，"你没有错，是妈妈错了。"

## 七、尾声

苏异萍回家后，有很长一段时间处于焦虑不安的状态，她想念独自在外的女儿，担心自己的婚姻，更怕吴琦哪天突然带个孩子来找沈浪，加上找工作四处碰壁，她觉得自己好没用，好失败。后来，母亲生日，她回家乡住了十天。自从结婚后，苏异萍没在母亲身边住过这么久。

在母亲的身边她觉得很安宁，她深切地感到，在母亲眼里，她仍然是个孩子，在母亲眼里，她永远是优秀的。最让她感动的是，母亲还保存着她从小到大的成绩单、奖状、证书，还有她迷恋摄影时拍的很多黑白照片。

看着这些东西，苏异萍的心一点点地鲜活起来。

一个月后，在母亲的资助下，苏异萍开了个影楼，拿起照相机，她很快找到了感觉，找到了自信。半年后，她的生意就红火起来，她每天很忙，再也不担心以前担心的问题了，因为她的希望在她自己心里。

# 出　卖

房子友曾经是个很有理想的人。两岁时，他的理想是长大了当爸爸；五岁时，他的理想是当警察抓坏蛋；八岁时，他的理想是要成为伟大的发明家。总之，他有过很多很多的理想。

现在，他的理想只剩下一个，那就是买套房子。

因为他想结婚，而他的女友蓝蓝说，如果不买房结婚就分手，她受够了随时被房东撵走的生活。

哎，这真是：爱情诚可贵，房子价更高。若为幸福故，二者不可抛。

房子友不怪蓝蓝无情，只怪自己没用，都三十岁的人了，却连套房子都买不起。房价是芝麻开花,收入是原地踏步。这样下去，只会越来越买不起，所以房子友想借钱凑够首付。主城区的房子，他是想都不敢想的，只敢考虑郊区的房子。可郊区也要一万多一平方米，买一套小一点儿的，也要上百万，他年薪还不到五万，蓝蓝工资更低，按他们的收入，最多贷款五十万。那么，首付至少要五十万。

房子友只能凑到十几万，加上蓝蓝的钱，也只有二十万。借钱是不现实的，一来没地方借，二来借了拿什么还，光还房贷就够吃力的。无奈之下，房子友就和蓝蓝商量，要不，就买个更小的，四十平方米以下的房子吧。蓝蓝也还通情达理，说小就小点儿吧，只要有个自己的小窝。

于是，房子友改变目标，寻找更小的房子。上班时在网上找，下班后跑房产中介。

找了两个月，也没找到合适的房子，而房价却在飞涨，房子友越来越绝望。

他开始掉头发，失眠，做什么都没兴趣，就连和蓝蓝亲热的兴趣都没有了。

焦虑，像病毒一样，在他的血液里迅速蔓延。他觉得自己的心，正在以一日三秋的速度老下去。

除了焦虑症，他似乎还患上了强迫症。工作不忙时，他每隔一会儿就要上一次本地的二手房交易网；每天早中晚，他都要到单位附近的那家房产中介转一圈。

结果，都是失望的。

这是一个灰蒙蒙的黄昏，房子友从中介所出来，无精打采地走向公交车站。

快走到站台时，一辆宝马突然在他身边停下来，一个美女打开车门，笑眯眯地说："房子友，上车吧！"

房子友一愣，仅用零点一秒的时间他就确定，自己不认识这个美女。他本能地问："你是谁？为什么认识我？"

美女说："别管我是谁，如果你想买房子，就跟我上车吧！"

房子友上了车，美女扔给他一个黑色的头套，说："套上吧！"

房子友问："为什么？怎么像要绑架我一样？"

美女笑道："你值得我绑架吗？"

房子友也笑了，想想也是，要劫财，自己没财，要劫色，自己没色，有什么可怕的，何况对方还是绝色美女。

此时，房子友没有丝毫的恐怖感，只是有几分好奇。他配合地套上头套，把眼睛整个罩住了。

美女带着房子友转了很久。开始，房子友还能猜测在哪条路上，后来彻底晕菜了。

车子停下来时，他们已经到了一栋豪华别墅的院子里。房子友摘掉头套，和美女一起下了车，他疑惑地问："你带我来这里做什么？我又买不起这样的房子。"

美女说："我知道你买不起，我还知道，你连五十平方米的房子都买不起，还差三十万。"

房子友说："你是中介公司的吧，很多中介知道我的情况。你是不是有小房子？"

美女说："我没小房子，但是，我可以让你轻松地一下挣到三十万。"

房子友根本不相信，"哪有这种好事，一下挣三十万！杀人、贩毒之类的事我可不干。"

美女说："你放心，绝对不违法。我只是要买你一样东西。只要你愿意卖，法律也管不了。"

房子友来了兴趣，笑嘻嘻地问："除了卖身，我没什么可卖的，美女是要买我这个人吗？"

美女说："不用你卖身，我要买的东西很特殊，它是你最珍贵的那部分。"

房子友心想，自己长得和帅字根本不沾边，要卖身确实很难。自己卖什么能值三十万呢？想到这里，他心里一惊，难道这个女人是要买自己的某个器官？听说有很多等待器官移植的病人，有钱也买不到想要的器官，有些组织就专门倒卖人体器官。还有更恐怖的传闻，有些凶手杀人，就是为了盗器官。

想到这里，房子友害怕了，紧张地说："如果你是想买我的器官，我不卖。"

看着他紧张的样子，美女咯咯地笑起来，说："别怕，我要买的，不是你的器官。"

房子友仍然戒备地问："那你要买什么？"

美女说："我要买的，是你的理想！"

房子友一愣，随即笑起来，说："你开什么玩笑！"

美女认真地说："我不是开玩笑，我是真的要买你的理想。"

房子友还是不信，但他装作认真地说："好啊，我把我的理想卖给你，我的理想就是想有套小房子。"

美女摇了摇头，说："在我看来，这个其实不算理想，我要买的，是你别的理想，要里面包含正义或创造性的东西。比如当英雄啊，当科学家啊。"

房子友说自己已经没有那样的理想，现在的理想就只有一个：买房子。美女说，曾经的理想也行。

见美女似乎不像开玩笑，房子友有些半信半疑了，说自己曾经的理想很多啊，这种东西看不见也摸不着，怎么买卖呢？

美女说她自有办法，她把房子友带到一个像研究室一样的房子，房子中间有一个柔软的躺椅，躺椅上连着一个头盔。美女说："只要你戴上这个头盔，躺在这个椅子上，睡一小会儿，就能把你的理想卖给我。"

房子友心里又不安起来，疑心这是个骗局，担心那个头盔里有花样，自己戴上就会昏迷，然后自己的器官被活摘下来。当然，他不能直接把自己的担心说出来，就坚持说，不相信理想能买卖，何况是曾经的理想。

美女反复解释，曾经的理想，在大脑里也是留有印迹的。如同电脑里的隐藏文件，虽然看不见，但它还是存在电脑里。

房子友说："你说得太神奇了，就算是真的吧，可是，你为什么要花那么多钱买我的理想呢？它对你有用吗？"

美女说，当然有用，但目前还不能说。她拿出一小箱百元大钞，放到房子友的面前说："这是三十万！卖，还是不卖，随便你！"

说实话，房子友还是第一次见到这么多钱，虽然他的心里直打鼓，可最终还是没能抵挡住这种诱惑，答应了卖。他想赌一把，如果这个女人真的是要买理想，那么自己等于白捡了三十万。如果她是想谋害自己，大不了一死。

房子友牙一咬，心一横，躺在了躺椅上。美女给他戴好头盔，他很快睡着了。醒来的时候，他注意看了一下墙上的钟，他不过睡了一分钟。

看着轻易到手的三十万，房子友不敢相信这是真的。美女仍是要他蒙上头，开车把他送回了家。

房子友的家，是间十几平方米的出租房。蓝蓝已经回来，看着房子友带回的一箱钱，她吓了一跳，惊问："哪来的？"

房子友想，如果说是出卖理想得来的，蓝蓝肯定不相信。反正这个钱和捡来的差不多，所以他撒谎了，说是捡来的。

蓝蓝又兴奋又紧张，担心会惹来麻烦，问是怎么捡的。房子友胡编了一个安全的捡钱过程，然后说，绝对不会有什么麻烦，就是不知道这个钱是不是真的，如果是假钱，那就白高兴了。

两人立马去买了个验钞机回来，一张一张地验，没发现问题。但他们还是不放心，听说现在的假钞造得越来越好了，有的连验钞机也验不出来。他们一夜都没睡着，第二天银行一上班，他们就带着钱去了，把钱存上了，他们才放心。

有了五十万，找房子好找多了，不久，他们就买到了一套五十多平方米的二手房，各种费用加起来，共花了一百万。

终于有了自己的小窝，蓝蓝很高兴，两人领了结婚证，没有酒席，没有仪式，简简单单地结婚了。

婚后的生活更简单，除了上班，就是在家窝着，不敢有什么额外的消费。因为还欠银行五十万，每个月还了房贷后，所剩的钱只够勉强过日子。想到辛苦一生，就是为了一套小房子，房子友就觉得很悲哀。他更担心出什么意外。

真是担心什么来什么，不久，蓝蓝病了，花了上万，这钱大半是借的。房子友晚上照顾蓝蓝，没睡好，又担心没钱还房贷，工作时心不在焉，发生了重大失误，被公司开除了。这下更惨了。

房子友找了两个月也没找到工作，可房贷是必须要还的，现在借都没处借了。

再这样下去，就有断供的危险。怎么办呢？只有再硬着头皮出去借了。那些没什么交情的，只是认识而已的，都被他们纳入了借的目标，人被逼到绝路上，也顾不得脸面了。

可是，即使这样放下自尊地去借钱，也没借到多少，很多天，两人才凑到一千块。

真的是无处可借了，房子友不想再出门，躺在床上起都不想起来，他不知道这样的人生究竟有什么意思。蓝蓝不甘心，还是出门了。

房子友在床上躺了整整一天，没吃，也没睡。蓝蓝傍晚回来的时候，意外地给他带回来一只烤鸡腿。房子友很久没吃过肉了，可看着这只香喷喷的鸡腿却一点儿也不想吃，也许是饿过头了，也许是胃口跟着心死了。他说不饿，叫蓝蓝吃。蓝蓝说自己已经吃过一只了。房子友心疼地说："我才不信你舍得买两只鸡腿，骗人都不会骗。"

蓝蓝说："我真的买了两只，我真的已经吃过了。"说着，她从包里掏出一个厚厚的大信封，递给房子友，"你看这是什么？"

房子友一看，天哪，竟然是厚厚的一沓钱。看厚度，估计是三万。一问，果然是三万。他惊喜地问："哪里借来的？"

蓝蓝得意地笑："不是借的，是我自己挣来的。"

房子友自然不相信，问蓝蓝到底是从哪里借的。

蓝蓝认真地说："真的不是借的，真的是我挣来的，但是，这件事太离谱了，你肯定不会相信的。连我自己都怀疑是在做梦，今天有个陌生的女人，居然要买我的理想，这三万块钱，就是我卖理想得来的。"

房子友一听，坐了起来，肯定是那个买走自己理想的美女，自己的理想卖了三十万，蓝蓝的怎么才卖三万呢？他脱口问道："她怎么找你谈的，你的理想怎么才卖了三万？太少了！"

蓝蓝以为房子友肯定不会相信卖理想这种荒诞的事，没想到房子友不但相信，还说她卖便宜了。她晕了，张着嘴看着房子友，半天才说出话来："三万！还少啊？它根本不应该能卖钱的！"

房子友就把自己卖理想的经过告诉了蓝蓝，蓝蓝这才明白过来，怪房子友没早点告诉她，如果她事先知道，三万就不卖了。

房子友说："我不是怕你不信吗？这么离奇的事。"

蓝蓝想，那倒也是，这样的事，不是亲身经历，谁也不会信的。夫妻俩就在那琢磨，那个女人为什么要买别人的理想呢？

房子友很想知道，为什么自己的理想贵那么多？自己的理想有什么特别之处吗？他越想越觉得这里面大有文章，也许自己的理想很有用处，能让人飞黄腾达，他有点儿后悔卖掉理想了。

这以后，房子友一边找工作，一边寻找那个美女，他想弄清楚，自己的理想为什么值钱。

苍天不负有心人，房子友没找到工作，却真让他找到了那个美女，是在一家房产中介的门外找到的。

房子友赶紧上前打招呼，问道："你还记得我吗？"

美女说："记得，你是第一个卖给我理想的人。"

房子友激动地说："我很想知道我的理想为什么那么值钱，你买去究竟有什么用？"

美女笑了，说："其实，并不是你的理想比别人的值钱，而是我开始没经验，以为很难买到，所以高估了它的价格。"

房子友有点儿失望，原来自己没有什么特别之处。

两人闲聊了一会儿，对于究竟买理想有什么用，美女笑而不答。当她得知房子友还没找到工作时，就问房子友愿不愿意为她工作。房子友很高兴，说当然愿意，问做什么。美女说："帮我收买理想。你找那些愿意出卖自己理想的人，以三千的价格买下他们的理想，每个人我给你百分之三的提成。"





房子友有些失望，三千的百分之三才九十元，这也太低了，于是问："为什么才三千？我的理想卖给你是三十万，我老婆的理想卖给你是三万，现在别人的才三千，这价格降得也太多了。"

美女说："出卖理想的人越来越多了，当然就越来越不值钱了，你愿干就干，不干我找别人。"

房子友心里嘀咕，什么都在涨价，就只有理想在跌价，哎，还是干吧，现在找工作太难了。只是，他实在想不明白，买别人的理想究竟有什么用，他觉得那一点儿用处也没有。他忍不住问美女："为什么要买别人的理想？既然让我做，总得让我知道这份工作的意义吧。"

美女神色凝重，遥望着东方说："其实，我是日本人，我并不是真的买了你们的理想，而是把理想从你们大脑里彻底删除了。

我的先辈曾留下日记，说中国人是很难征服的，这就是一开始我给你高价的原因，我以为想要你们出卖理想很难，没想到会那么容易，事实证明，我们的高科技比先辈的枪炮更厉害，更有征服力。你已经是个没有理想的人，所以我也不怕你知道这些。知道了我的身份，你仍然愿意为我工作吗？”

房子友说愿意，只要能挣钱不让房子断供，给谁工作都一样。他问什么时候开始工作，他想早点挣钱。

美女说，现在就可以开始。她带房子友去停车场，从她车里拿出一个头盔给房子友，说：“你找到目标后，把这个头盔给他戴上，按下这个键，就能删除他的理想了。”

房子友接过头盔，惊讶地说：“不用去找你吗？这个不是要连在那个大躺椅上才能用吗？”

美女说：“我们的技术已经改进很多，现在用这个头盔就行了。”

看着手中神奇的头盔，房子友很无言，人家在研究高科技，我们就知道盖房子卖地。不知卖到最后，政府把地卖光了，国人把理想卖光了，还有什么可卖！

告别美女后，房子友拿着头盔，开始寻找目标，没有人知道他的秘密，没有人知道，也没有人在乎他出卖了什么。只是他自己，想到以前看到影视中的汉奸那么痛恨，他就感觉好笑。他笑了，这人间，不笑又能怎样！

# 看谁笑到最后



山本是个菜农，种菜很有一套，著名的詹姆士蔬菜公司一直是他的老买主。可是这天，公司回了他的生意，因为有一个新客户提供的蔬菜质量比山本的要好，而且价格又便宜。

山本心里很不甘心，于是趁新客户给詹姆士公司送菜的时候，就躲在一边偷看。山本想摸摸这个客户的底细，谁知当客户一出现，山本居然大吃一惊：这不就是那个叫李东顺的中国人吗？十多年前自己曾经和他一起在餐馆打过工，关系处得挺不错。



于是待李东顺送完菜出来，山本立刻迎了上去："李先生，还记得我吗？"李东顺一看："啊，是山本先生，见到你太高兴了！"山本没好意思说自己被詹姆士公司淘汰的事，故意装模作样地和李东顺聊送菜的事，李东顺听说山本也在种菜，当场就和他约定，第二天彼此到对方的菜地看看。

第二天，山本先带李东顺去看自己的菜地。山本的菜地离詹姆士公司不远，共有五十亩，远远望去，绿油油一大片，长势非常喜人，站在自己苦心经营的菜地面前，山本不禁有些沾沾自喜。可谁知后来到李东顺的菜地一看，令他惊得瞠目结舌：不得了，李东顺的菜地虽然在一块荒无人烟的地方，但土地非常肥美，难怪种在上面的蔬菜长得这么好。

可是，山本记得李东顺曾经对自己说起过，他以前在中国只是一个普通的农民，是通过亲戚才到美国来打工的，想挣点钱回去盖房子，他自己又没有什么特长，干的都是力气活儿，怎么可能买下这么一大片土地呢？山本觉得很意外："这地……是你自己买下的？"

李东顺摇摇头："我哪有钱买地啊！"李东顺兴奋地告诉山本，有段时间他给别人送货，天天经过这里，看到这么多地荒着，实在可惜，于是就在这里开荒种菜。"我已经种了将近十年了，从来没有人来管过，所以我计划把种菜挣下的钱全拿来投资，把剩下的荒地全开出来！"

山本一听，天下竟有这么便宜的事！他嫉妒得都要吐血了，这样的好事自己怎么碰不上？如果这片荒地以后全被李东顺开出来，那自己就更没有什么竞争力了。不行，一定要想办法把他这条路堵死。

看着李东顺在菜地一角搭起的一个简易木棚，山本脑子一转：中国农民把房子看得特别重，何不怂恿李东顺把这个木棚子好好翻修一下，盖座房？这样他就没钱再去开剩下的荒地了。山本笑眯眯地对李东顺说："我给你出个主意，你既然看准了这个地方，就应该先把自己的窝搞好，来日方长，这么多地，够你开一辈子的了！"

李东顺疑惑地眨眨眼："这地虽说没人管，可到底不是我的，我在这里盖房子，能行吗？"

山本说："怎么不行？美国是个自由国家，荒地上盖房子，根本不用审批。"

李东顺想想也是，自己在这里种了将近十年地都没人管，盖房子也应该不会有人来管吧？李东顺多想有一所真正属于自己的房子啊，不过真要动手，他还是有点儿害怕。

山本看李东顺犹豫不决没上钩的样子，心里着急，就假意安慰他说：“你放心，我有个朋友是律师，我去问问他，能不能在这里盖房子，要不要办手续。”其实，山本根本没有什么律师朋友，他也没有去问过任何人，第二天傍晚，他就给李东顺打电话，骗他说，他都问过了，根本不存在任何问题，完全可以在这块地上盖房子，而且不需要办任何手续。

李东顺一听，简直高兴坏了，怎么也没有想到自己多年的愿望竟然这么容易就能实现，于是立即兴致勃勃地筹划起来。

山本一看李东顺终于中了自己的圈套，高兴得立即进行他的第二步计划，四处打听荒地的归属权的事。东打听西打听，结果还真被他打听到了，李东顺开发的这块菜地是属于一个叫布朗的先生的，这家伙是个不学无术的花花公子，只知道挥霍不知道经营，所以才会有大片土地荒在那里。山本本想立即把李东顺种菜的事告诉布朗，但转念一想：慢，还是等他把房子盖好了再去告发，谁让他抢了自己生意？让他损失越惨重才越好呢！

可怜的李东顺，哪里知道山本刻毒的心思，还一心把山本当成自己的好朋友，盖房子的时候，很多问题都让山本帮着出主意，结果，房子盖起来了，李东顺的积蓄也花光了。不过李东顺还是很开心，竣工这天，他从楼上走到楼下，从屋里走到屋外，绕着房子转了三圈，兴奋地对山本说：“真不敢相信，这么漂亮的房子会是我的，简直像做梦一样！”李东顺哪里想得到，其实山本笑得比他还开心。山本心里说：“你以为你真有房子了？你就是在做梦啊！”

从李东顺那回来，山本立刻就给布朗打电话，如此这般一说，布朗开始还不相信：“谁敢这么大胆，私自占用我的土地？”山本说：

“布朗先生，您不用生气，其实这是好事啊！您想，这地的所有权是您的，您这里本来是一片荒地，现在上面已经开垦出了这么多菜地，外加一所房子，这些他姓李的又不能带走，您不是都可以收回来？甚至，您还可以要他拿出种了您这么多年地的赔偿啊！”

布朗一听，是这么回事啊，高兴地连声说“对”。布朗问怎么与山本联系，事成之后要当面道谢，山本当然不会说出自己的名字，立刻把电话挂了，然后就等着看好戏。

果然，第二天，李东顺给山本打来电话，几乎是哭着说：“完了，完了，荒地的主人突然找上门来了，不但要把地收回去，而且还要我赔偿。唉，我该怎么办哪？你快帮我想想办法吧！”山本听了心里那个乐啊，不过表面上还是假心假意地安慰了李东顺一番。

此后，山本假装关心，经常给李东顺打电话。李东顺情绪很坏，每天借酒浇愁，甚至说自己想自杀，山本心里可高兴了。

周末那天的晚上，李东顺又打电话给山本，他在电话里垂头丧气地说：“你有空吗？能来陪我喝一杯吗？”听声音，简直就像是要与山本作最后的告别。山本很想去看看李东顺的惨状，挂了电话就往外冲。

可是两人一见面，山本顿觉意外，李东顺神采飞扬，状态好极了。山本疑惑地问：“刚才在电话里，你的声音怎么那么悲伤？这到底是怎么回事？”

李东顺乐呵呵地说：“哈哈，老兄，那是我故意装的，想等你来了，给你一个惊喜。”

山本心里一个“咯噔”：“什么惊喜？”

李东顺兴奋地说：“告诉你，以后这块地就真正是属于我的了！”

山本不相信：“这怎么可能？这是真的吗？”

李东顺笑得嘴都合不拢，说：“当然是真的！”他告诉山本，美国的法律有个时效占有原则，简单地说，就是你在没有获得物主同意下占用了土地，如果超过一定时间，便可以反客为主，成为这块土地的占有者。至于这个“一定的时间”是多少，每个州的具体规定是不一样的，李东顺所在的这个州是十年，而李东顺刚好全部符合条件，所以布朗只能收回李东顺还没来得及开垦的那片荒地，而已经开垦出来的，则归到了李东顺的名下。

山本简直听傻了，站在那里目瞪口呆，心里那个郁闷呀，真恨不得揍自己一顿。他心里懊悔死了，想想当初真不该阻止李东顺去开垦新地，真应该马上就去告诉布朗先生，那时候李东顺占地时间还不到十年，布朗先生是完全可以把它收回去的。

可山本的心思李东顺怎么会知道，第二天，李东顺打算约山本吃饭，准备好好谢谢他，跑到他家才知道，山本昨晚突然吐血死了。

李东顺好不伤心，他实在想不明白，山本平时身体挺好的，怎么会突然吐血死了呢?

**图书在版编目（CIP）数据**

抬起头，世界很美 / 阿辞著. — 北京：中国国际广播出版社，2014.1

（中国新传说）

ISBN 978-7-5078-3655-4

Ⅰ. ①抬… Ⅱ. ①阿… Ⅲ. ①短篇小说—小说集—中国—当代 Ⅳ. ①I247.7

中国版本图书馆CIP数据核字（2013）第240989号

**抬起头，世界很美**

| | |
|---|---|
| 著　　者 | 阿　辞 |
| 责任编辑 | 张娟平　赵　晶 |
| 版式设计 | 国广设计室 |
| 责任校对 | 徐秀英 |
| 出版发行 | 中国国际广播出版社（83139469　83139489[传真]） |
| 社　　址 | 北京复兴门外大街2号（国家广电总局内）<br>邮编：100866 |
| 网　　址 | www.chirp.com.cn |
| 经　　销 | 新华书店 |
| 印　　刷 | 北京广内印刷厂 |
| 开　　本 | 640×940　1/16 |
| 字　　数 | 150千字 |
| 印　　张 | 11 |
| 版　　次 | 2014年1月 北京第一版 |
| 印　　次 | 2014年1月 第一次印刷 |
| 书　　号 | ISBN 978-7-5078-3655-4/I·453 |
| 定　　价 | 18.00元 |

CRI 中国国际广播出版社 欢迎关注本社新浪官方微博 官方网站 www.chirp.cn